Stéphane Carlier

LE CHIEN DE MADAME HALBERSTADT

novella

LE TRIPODE

Décris la douleur, sans effet ni détour.
Ernest Hemingway

1

Je ne comptais plus.

Le temps filait sans faire cas de mon existence, qui allait à son rythme, plus lent. On me passait devant à la poste, à la boulangerie, sans penser à mal, simplement parce qu'on ne m'avait pas vu. On ne m'écrivait plus, je ne recevais plus de textos, plus d'emails, même promotionnels, et de plus en plus, sans explication, m'arrivaient des lettres adressées à un certain Jacques Mollard, que je ne connaissais pas. Souvent, je montais dans ma voiture sans avoir rien décidé, je me retrouvais pris dans les embouteillages et réalisais que c'était là que je voulais être : coincé dans les bouchons, comme quelqu'un qui aurait eu une vie ordinaire, un travail normal.

J'avais écrit un livre que personne ne lisait. Un roman, *Entrée dans l'hiver*, sorti cinq semaines plus tôt et pointant 475 758ᵉ dans les ventes d'Amazon (j'avais développé une obsession pour ce classement que je consultais, sans même m'en rendre compte, peut-être trente fois par jour).

Ce rang signifiait que, depuis sa sortie pourtant pas si lointaine, 475 757 livres autres que le mien avaient été commandés sur Amazon. Un demi-million, pratiquement. Les gens avaient préféré se procurer *Enseigner l'éducation physique à nos enfants*, un manuel écrit en 1907 par l'abbé François Calot, classé 475 612ᵉ, ou *Je suis gugusse, voilà ma gloire*, les souvenirs de Micheline Dax, publiés en 1989, classés 474 909ᵉ.

Mon roman faisait l'objet d'un seul « commentaire client » qui le desservait alors qu'il n'était pas négatif. Il en faisait un éloge trop mesuré et, surtout, il avait été rédigé par ma mère qui n'avait pas pensé à s'inventer un pseudo. Un seul avis, à peine enthousiaste, laissé par la propre mère de l'auteur : rien de tel pour donner envie d'acheter un livre.

Elle s'en était expliquée :

— Si tu crois que les gens font attention au nom du commentateur. Et ceux qui le remarquent doivent se dire que c'est un homonyme, voilà tout.

— Les gens ne sont pas stupides. Ils voient que le roman de Baptiste Roy n'a qu'un commentaire signé Nicole Roy, ils en déduisent *au minimum* que c'est quelqu'un de la famille. En plus, tu ne m'as donné que 3 étoiles. Pourquoi pas 5 ?

— C'est très bien, 3 étoiles ! 5, c'est pour les grands chefs-d'œuvre. Pour Joyce, Virginia Woolf...

— Dans ton monde, peut-être, mais pas sur Internet ! Il y a plein de livres très moyens, et même pas bons du tout, qui ont 5 étoiles sur Internet. Des trucs très commerciaux, que tu détesterais.

— Et moi qui pensais te faire plaisir.

— Ce qui me ferait plaisir, c'est que tu supprimes ton commentaire.

— Impossible. Je me suis fait aider pour créer mon compte. Par Jan, tu sais, le fils de Greta. Le militaire. Il était en permission chez sa mère.

— Tu n'as pas besoin de lui pour supprimer ton commentaire, il te faut juste ton mot de passe.

— Justement, je ne le connais pas. Jan le connaît mais il est reparti en Centrafrique. Je me vois mal le contacter là-bas pour lui demander mon mot de passe Amazon. Je pense qu'il a autre chose à faire.

Cet échange illustrait parfaitement le destin de ce roman qui, à lui seul, aurait suffi à plonger n'importe quel auteur dans la dépression la plus noire.

Sauf qu'il y en avait plus.

La femme avec qui j'avais passé six ans de ma vie avait eu l'idée de me quitter quelques mois plus tôt, alors que je mettais la dernière main à mon livre. Au terme d'une journée passée à corriger des épreuves, j'avais vu Maxine entrer dans notre chambre, où je m'étais étendu dans l'espoir de calmer mes acouphènes, et m'annoncer, le plus simplement du monde : « Je suis amoureuse de Gérard Habib. »

Je m'étais demandé pourquoi elle l'avait présenté de cette façon (désigné nommément) avant de me rappeler que je connaissais Gérard Habib. C'était mon dentiste. Notre dentiste.

« Ça s'est fait comme ça », avait-elle précisé, pour se justifier et amoindrir un peu le choc de cette révélation. Précaution parfaitement inutile. Que ça se soit fait comme ça ou pas, leur relation n'avait aucun sens à mes yeux.

Elle partageait la vie d'un romancier sur le point de publier son troisième opus et s'était entichée d'un type qui faisait des détartrages, arrachait des chicots pourris et, à longueur de journée, disait des choses comme « Essayez de manger du côté gauche à midi » ou « Les implants, c'est mal remboursé, en général ».

Un type dont je pouvais affirmer qu'il manquait d'esprit. Je l'avais vu, pour une histoire de carie, au moment de la sortie de mon deuxième roman, qui s'intitulait *L'Appareil humain*, en référence à Descartes. Pensant être drôle, Gérard Habib m'avait demandé si ça parlait d'appareils dentaires. J'avais trouvé ça stupide, le fait qu'il ne s'intéresse pas au vrai sujet du livre m'avait encore plus agacé et la suite de la consultation s'était déroulée dans un silence de mort.

Maxine, elle, avait de l'humour. Une finesse, un second degré, que Gérard Habib ne partageait certainement pas. Je ne pense pas qu'il lui lisait des passages des romans de Jean-Paul Dubois avant de s'endormir, qu'ils revoyaient ensemble des vieux *Numéro un* de Maritie et Gilbert Carpentier, qu'ils étaient l'un et l'autre fascinés par l'acteur Charles Denner. Je ne pense pas qu'il avait baptisé ses seins Chapi et Chapo, qu'ils s'amusaient à grimacer dans le dos des gens, à lancer « En vous souhaitant ! » à la boulangère de leur quartier. Je ne pense pas que lors d'une balade dans un Paris automnal, un dimanche, ils avaient cherché à estimer le nombre de gens qui faisaient l'amour au même moment... Dans quel recoin de sa mémoire avait-elle rangé ces souvenirs, ces fous rires ? Que se disait-elle quand elle retombait dessus ?

Sur le plan physique, son choix était encore plus mystérieux. Je ne suis pas irrésistible – pas assez grand, pas assez fort, mon nez est trop gros, mes cheveux jamais coiffés et mes yeux d'un marron terriblement ordinaire – je le sais, mais de là à me préférer un type couvert de poils visibles sous le tissu de sa blouse, pourvu de deux horribles dents du bonheur et qui donne toujours l'impression de sortir de table, une espèce d'ogre échappé de *Max et les Maximonstres*. Surtout que Maxine les aimait, mes cheveux en pétard. Elle y passait constamment la main et c'était un peu de sa faute si j'étais tout le temps décoiffé. Elle appréciait aussi mon gabarit, qui permettait un encastrement idéal de nos corps au lit, et ma bouche dont elle m'a dit plusieurs fois qu'elle avait un goût de mangue.

C'était une farce, un gag pour YouTube. Elle allait surgir de nulle part, me prendre dans ses bras et me montrer les caméras dissimulées dans le décor. Il fallait que je me prépare à avoir l'air surpris.

— Elle a suivi l'argent, expliquait mon ami Gilles. Il a dû lui parler de l'endroit où il va en vacances, ou lui dire combien d'impôts il paie, et là, forcément, toi et tes petits romans, ça pesait pas lourd dans la balance.

— Tu te trompes. Pour Maxine, l'argent n'est pas le plus important.

— C'est toujours le plus important. Pour tout le monde. Tu le sais bien. Citer Proust, c'est classe, mais quand il s'agit de payer les courses, c'est zéro.

— Je ne cite pas Proust.

— C'est pour dire. Tu cites qui ?

— Je ne sais pas... James Salter, à la rigueur.

— Connais pas.

Il avait probablement raison. Et Maxine n'était jamais apparue en criant : « Surpriiiiise ! »...

Elle m'avait quitté à la fin de l'été, avait attendu un peu et s'était installée chez Gérard Habib. Dans sa maison de L'Isle-Adam. Une villa de plain-pied avec ses beaux volumes, son éclairage progressif et son îlot de cuisine alliant élégance et fonctionnalité. Dans le salon, un canapé immense dessinait un U autour d'une cheminée suspendue. La télé, de la taille d'un petit écran de cinéma, descendait du plafond sur commande. Les dîners se donnaient plus loin, sous un lustre spectaculaire, doré, ondulé, une œuvre d'art inspirée par le mouvement des vagues.

Je le savais parce que j'y allais régulièrement. J'y allais régulièrement alors que je n'étais pas invité. J'y allais régulièrement parce que, lorsque je ne la voyais pas, Maxine me manquait très vite. Je n'avais pas cessé de l'aimer.

Ça m'arrivait, une ou deux fois par semaine. Allez, deux ou trois. J'attendais que la journée passe et je prenais la route en direction du nord. En sortant des Hauts-de-Seine, la circulation se fluidifiait, le paysage se faisait plus vert, plus noble. Je traversais une portion de forêt et me retrouvais dans une zone résidentielle, où la circulation était limitée à 30. Les pavillons avaient chacun leur style, ils semblaient jouer à cache-cache au fond des parcs, derrière les rangées de cyprès, les ormes majestueux. Je m'arrêtais au début d'une voie où ma voiture était souvent la seule garée. Je sortais mes jumelles de la boîte à gants et j'observais à distance ce qui se passait dans la première propriété sur ma droite. C'était un quartier de riches, on n'y marchait pas. Quelquefois se montrait un joggeur que j'avais le temps de voir venir, je me saisissais alors de mon portable et faisais semblant de téléphoner.

Maxine pouvait mettre du temps à apparaître – lorsqu'elle se trouvait derrière, du côté des chambres, elle m'était cachée. En général, je n'avais pas besoin de l'observer longtemps. Quelques minutes me suffisaient. Ce faisant, je lui parlais. Je prenais de ses nouvelles. Je lui disais qu'elle avait l'air fatiguée, ce soir-là, que je ne connaissais pas ce pull, que les cols en V lui allaient bien. Il m'arrivait aussi de lui parler de moi, de lui raconter un truc drôle qui me faisait rire moi-même.

Évidemment, je n'obtenais pas de réponse. Elle touillait un plat, la tête ailleurs. Elle disposait des couverts sur la table ou lisait une lettre, un grand verre de vin de rouge à portée de main. Elle passait un coup de fil en contemplant son reflet dans la vitre...

Habib se montrait juste avant qu'ils ne passent à table. Il arrivait du salon en consultant son téléphone et racontait quelque chose en gobant des olives. Sa voix portait au point que des bribes m'en parvenaient lorsque la fenêtre était entrouverte. Puis il s'approchait de Maxine, l'enlaçait par-derrière et l'embrassait dans le cou... Là, je déposais mes jumelles, je mettais le contact en me forçant à chantonner, et je rentrais chez moi.

Je vivais au deuxième étage d'un immeuble en béton couleur chair d'escargot construit à la fin des années 60 dans le centre de Colombes. Un endroit sans beauté mais moins horrible que sa description ne le laisse penser.

Au troisième habitait une famille (un couple et deux jeunes garçons) qui semblait guetter les moments où je me trouvais chez moi pour se mettre à faire du bruit. Un bruit si excessif que lorsqu'ils avaient emménagé, peu de temps après moi, j'avais pensé qu'ils plaisantaient, qu'il s'agissait pour eux d'un moyen original de lier connaissance avec leur voisin du dessous. « On vous a bien eu, hein ? Vous imaginez si on faisait autant de bruit pour de vrai, ah, ah ! Moi, c'est Pauline, et voilà Kevin, mon mari. » Certains jours, ils me donnaient l'impression de jouer au bowling dans leur couloir. Ou d'organiser des courses en sabots dans tout l'appartement. Quant aux enfants, ils n'auraient pas crié plus fort, par moments, si leurs parents avaient testé sur eux divers modèles de pinces ou d'allume-cigares.

J'étais monté les voir, tellement excédé que les mots se bousculaient dans ma bouche. Le type qui m'avait ouvert, étonnamment jeune, s'exprimait comme un vendeur de kebabs. Il m'avait fait comprendre que mon problème ne le concernait pas. Ses enfants avaient je ne sais plus quel âge, il n'allait pas les mettre en cage, fin de la discussion. Un peu plus tard, le même jour, la chanson de *L'Âne Trotro* était passée en boucle. Vingt-cinq fois, peut-être. Une rengaine insupportable pour tout être humain ayant dépassé l'âge de trois ans. *L'âne Trotro, l'âne Trotro, trop trop rigolo...* J'avais dû sortir de chez moi pour ne pas devenir fou.

Ma séparation d'avec Maxine m'avait mis par terre moralement, amoureusement. Amicalement aussi. Nombre de nos relations, apparemment convaincues qu'elles devaient choisir entre le romancier de Colombes et le dentiste de L'Isle-Adam, ne retournaient plus mes appels. Plusieurs m'avaient même retiré de leur liste d'amis sur les réseaux sociaux, comme si je m'étais rendu coupable d'un crime odieux. Les gens que je voyais régulièrement se comptaient presque sur les doigts d'une main : Gilles, donc, mon meilleur ami depuis la fac ; sa compagne, Chacha, et leurs deux enfants ; mon éditrice, son assistante ; et ma mère.

Oui, ma mère. J'ai un peu de mal à l'écrire mais, à bientôt quarante ans, je m'étais rapproché d'elle. Je n'avais rien décidé, rien programmé – ça s'était fait comme ça, ça aussi. Un soir, peu de temps après le départ de Maxine, elle s'était inquiétée de savoir ce que je me préparais à manger, elle m'avait invité au restaurant chinois et ce dîner avait scellé nos retrouvailles. Sa séparation d'avec mon père, dont elle n'était pas remise, y était pour beaucoup. Nous nous comprenions. Nos solitudes nous rapprochaient.

C'était loin d'être désagréable, même si sa propre souffrance la submergeait facilement. Ma mère était la personne qui me connaissait le mieux, me fournissait en Xanax, et puis c'était une lectrice avide, dévorant (la nuit, principalement) tout ce qui lui tombait entre les mains – un roman de Danielle Steel, une nouvelle inédite de Borges ou un essai sur la vie secrète des arbres. Des livres qu'elle oubliait rapidement, mais peu importe. J'aimais, avant cela, l'écouter m'en parler, comprendre ce que les mots des autres suscitaient en elle.

Je prenais plaisir à nos rencontres mais leur effet se dissipait rapidement quand je me retrouvais seul. Mes nuits étaient particulièrement difficiles. Je me réveillais systématiquement autour de 4 h 40. J'attendais un peu avant de me résoudre à avaler un Xanax qui me faisait me rendormir à 6 heures, cauchemarder sur le coup de 8 heures, ne pas me lever avant 10 heures et bâiller jusqu'à 17 heures.

La journée passait aussi rapidement qu'une page se tourne, le soir arrivait sans que j'aie rien fait de significatif. Consultation du classement de mon livre, des réseaux sociaux, des « bandes-annonces à ne pas rater » sur Allociné. Lecture de quelques pages d'un roman français à succès pour « essayer de comprendre », tentative d'écriture, généralement infructueuse. Quelquefois, ça me prenait, j'entamais une série de pompes et d'abdos dans mon studio. Un début de crampe dans la cuisse ou au thorax m'obligeait à m'interrompre très vite, surpris et déprimé par mon manque de force et d'endurance.

Je ne reconnaissais plus ma tête sur les photos d'identité, on aurait dit que je sortais d'un hôpital psychiatrique ou que je venais d'être arrêté pour exhibitionnisme.

Je lavais de moins en moins de linge et passais mes journées dans un vieux bas de survêtement molletonné Domyos. Je ne me brossais plus les dents avant de me coucher et j'avais oublié le prénom de mon coiffeur.

J'étais loin de consommer cinq fruits et légumes par jour, je ne savais jamais quel jour on était, je n'écoutais plus de musique...

Et puis Mme Halberstadt a sonné à ma porte.

2

— Je vous dérange, mon petit Baptiste ?

Mme Halberstadt était toujours apprêtée, bien mise. Elle avait les cheveux courts et des yeux que je n'avais jamais vus sans mascara. C'était une femme remarquablement petite, un peu l'équivalent humain de son chien, qui était un carlin. Une sorte de grande naine. Chez elle, tout était concentré dans la partie haute du corps, bien plus fournie que celle du bas (ses jambes, toutes fines, me faisaient penser à celles de Gru dans *Moi, moche et méchant*). Elle portait des pulls aussi noirs que ses cheveux où des perles et des paillettes dessinaient des figures géométriques. Le dimanche après-midi, elle allait danser la salsa dans une salle de restaurant fermé pour l'occasion. Elle m'y avait invité, une fois : « Vous devriez venir, ça fait circuler le sang. » Retraitée, elle avait travaillé toute sa vie au même endroit, une grande brasserie de la place de Clichy, où elle tenait le vestiaire. Halberstadt était le nom de son mari, mort relativement jeune, dans les années 1980. Son nom de jeune fille était plus simple : Darget. Je ne connaissais pas son prénom. Sa sœur vivait du côté des Landes, elle « montait » régulièrement à Colombes et, ensemble, elles allaient au marché Saint-Pierre de Montmartre. Elle clignait des yeux, pas par malice mais parce qu'elle avait un problème de ce côté-là. Elle employait des mots comme « enguirlander », des expressions comme « par-dessus le marché ». Voilà tout ce que je savais d'elle.

Est-ce qu'elle me dérangeait ? Oui, dans la mesure où je n'avais aucune envie de la voir, mais pas au sens où j'avais mieux à faire. En général, les gens chez eux le lundi vers 15 heures ne croulent pas sous les responsabilités. J'avais entamé l'après-midi en lisant (*Replay* de Ken Grimwood), je m'étais arrêté pour consulter le classement de mon roman, la couverture du dernier livre de Jonathan Safran Foer m'avait tapé dans l'oeil, j'en avais lu le résumé avant de chercher l'année de naissance de Foer. Rassuré (j'étais plus jeune que lui), j'avais fait un tour sur Instagram, où je m'apprêtais à *liker* une vue du World Trade Center en 1980, quand Mme Halberstadt avait sonné.

— J'ai un petit service à vous demander.

J'eus l'intuition que le petit service se tenait à ses pieds, portait un harnais rouge et me fixait de ses yeux globuleux.

— Je dois me faire opérer de la cataracte. C'est rien, comme intervention. Seulement, compte tenu de mes antécédents, le docteur veut me garder jusqu'à samedi, au cas où je ferais un caillot ou un truc dans le genre. Ma sœur devait venir sauf qu'on lui a trouvé un staphylocoque au pied. Bref, j'ai personne pour garder Croquette.

C'était bien ce que je pensais.

— Ah, oui, mais, là...

Ses yeux m'ont répondu : « Tu te souviens du nombre de fois, les jours fériés ou le soir à pas d'heure, où je t'ai dépanné, en huile, en sucre ou en tire-bouchon ? Et quand tu as ramené un poulet fermier de je ne sais quelle cambrousse et que je t'ai permis d'utiliser mon four ? Et quand tu es parti en vacances à l'étranger et que tu m'as demandé de poster ton chèque de loyer le premier jeudi du mois d'août, ce jour-là, pas avant, ni après ? »

— C'est seulement pour cinq jours, je vous demande pas de l'adopter non plus.

— D'accord, mais... qu'est-ce qu'il faut faire ?

— Rien, justement, il dort tout le temps, il a douze ans. Juste le sortir, deux fois par jour. Il aime bien aller du côté de l'avenue Eugénie, dans ce coin-là. Il fait des crottes toutes petites et très dures, c'est un plaisir de les ramasser, vous verrez.

Les crottes à ramasser, j'avais oublié.

— Pour les repas, c'est très simple. Un peu le matin, un peu le soir. J'ai fait le nécessaire.

Elle avait un sac avec elle, un de ces cabas de supermarché qui contenait ce que j'évaluais à trois semaines de boîtes et de croquettes pour chien.

— Il est gourmand, attention, ne lui donnez pas trop. Il pourrait manger sans s'arrêter. Et puis il boit beaucoup, il faut de l'eau en permanence dans son bol.

Elle s'arrêta pour consulter ses notes sur un minuscule carré de papier.

— Ah, oui. Des fois, ça lui prend, il se met à tourner sur lui-même comme une toupie, très vite, en essayant d'attraper sa queue. Ça peut surprendre la première fois mais, ne vous inquiétez pas, ça veut dire qu'il est content.

Pour l'heure, il s'était retourné et tirait sur sa laisse en direction de *son* appartement. Le message ne pouvait être plus clair. Même si, pour sa maîtresse, son séjour chez moi ne semblait pas ouvert à la discussion.

— S'il y a le moindre souci, vous m'appelez. Je pourrai vous parler : je me fais opérer de la cataracte, pas de la bouche.

J'ai plissé les yeux pour indiquer que je saisissais la blague.

Elle a déposé le sac à bouffe dans mon studio. Il contenait aussi une petite gamelle en plastique et une couverture pelucheuse verte. Puis elle m'a tendu la laisse.

— Je ne lui dis pas au revoir, je ne veux pas remuer le couteau dans la plaie. Les carlins sont des chiens très sensibles, facilement déprimés.

Elle m'a remercié, je lui ai souhaité bonne chance pour son opération sans être sûr que c'était la chose à dire dans ces circonstances, et j'ai fermé la porte.

Une seconde après, j'ai entendu frapper. Ce ne pouvait être que Mme Halberstadt dont j'espérais bêtement qu'elle avait trouvé une autre solution pour faire garder son chien.

— Vous aimez jouer ? m'a-t-elle demandé.

— Euh, oui.

— Croquette aussi.

Elle avait à la main une petite balle en mousse bleue qu'elle a agitée sous mon nez avant de la jeter par-dessus mon épaule, dans mon appartement.

— Lancez-lui, de temps en temps, place du marché, il adore courir après.

— D'accord, ai-je répondu, certain que je n'irais pas une seule fois lancer la balle bleue place du marché.

Mme Halberstadt m'a souri.

— Vous verrez, les animaux, ça change la vie.

C'était exactement ce que je craignais.

3

Notre prise de contact fut glaciale. J'avais autant envie de garder ce chien que de passer une coloscopie et lui ne semblait pas dans de meilleures dispositions. Il se tenait collé contre la porte, l'œil rivé sur l'interstice, attendant que sa maîtresse vienne le reprendre.

Je l'observais, de l'autre bout de la pièce, assis à mon bureau. Je n'avais rien à y faire mais le chien jetait régulièrement des coups d'œil dans ma direction et je préférais qu'il me voie comme ça plutôt que, disons, étendu sur mon lit, mon téléphone à la main.

Sa morphologie me fascinait. Ces yeux sortant légèrement de leur orbite, ce bout de langue à l'air libre, ces pattes ridicules, cette absence de cou. Il n'y avait rien de normal chez cet animal, tout en lui était trop gros ou trop petit. Sa respiration, courte et très sonore, était celle d'un être chétif, modifié, qui manquait d'oxygène. Même sa couleur semblait hésiter entre le sable, la farine et la cendre.

On aurait dit E.T. On aurait dit une vieille dame snob à cheval sur ses principes mais profondément bonne. On aurait dit Angela Lansbury dans *Arabesque*.

Je n'étais pas très chien. Comme beaucoup d'écrivains, j'avais toujours préféré les chats. Ils m'avaient longtemps accompagné et, si je n'en avais pas, c'était uniquement parce que je manquais de place. Même un hamster se serait senti à l'étroit dans mon studio. J'avais grandi entouré de chats.

Mes parents jugeaient les chiens serviles, hypocrites, bagarreurs, bruyants et sales. Nous n'avions eu avec eux que des expériences désagréables. Une, précisément. Celle du chien du Var, comme nous nous la rappelions.

Un été, à la fin des années 80. J'allais sur mes dix ans. Mes parents avaient loué pour les vacances une maison en lisière d'un village provençal, au sud des gorges du Verdon. Un endroit perché sur une colline d'où le regard embrassait la vue, d'une beauté renversante, de champs de lavande en fleur.

Le soir de notre arrivée, nous avons dîné sur le pouce et nous sommes couchés, répartis dans les chambres à l'étage. Il y eut quelques minutes de bonheur pur avant que nous parviennent les aboiements d'un chien dans le lointain. À distance mais assez forts pour nous sortir du sommeil dans lequel nous avions commencé à glisser et nous maintenir éveillés. Je me rappelle avoir entendu mon père se lever dans la chambre voisine, fermer la fenêtre, et ma mère tenter de le rassurer : « Il va s'arrêter, ça ne dure jamais... »

Le lendemain, les mines étaient défaites autour de la table du petit déjeuner. Les aboiements s'étaient poursuivis jusqu'à l'aube. Nous avions peu dormi, et tard, il ne devait pas être loin de midi. Nous nous efforcions de parler d'autre chose mais le chien était dans toutes les têtes : que ferions-nous s'il remettait ça le soir même ?

Là, alors que je m'apprêtais à rejoindre ma sœur sur la terrasse, les aboiements ont repris. En pleine journée. Mon père, plongé dans un journal, a relevé la tête. Ma mère, qui s'épluchait une orange, a posé fruit et couteau sur la table. Ma sœur a surgi dans la cuisine et a cherché mon regard : nous venions d'avoir la même idée.

Sans rien dire aux parents, nous sommes montés à l'étage où, dans une trousse Ted Lapidus que ma mère emportait partout avec elle, nous avons mis la main sur un tube de Valium. Un peu plus tard, nous volions un sachet de chamallows à l'épicerie du village et, pendant que ma sœur localisait le chien (rien de plus facile puisqu'il n'arrêtait jamais d'aboyer longtemps), j'ai passé un moment, accroupi dans un chemin de campagne, à dissimuler des comprimés de Valium dans les friandises...

C'était un bâtard d'un gabarit intermédiaire qui s'époumonait au bout d'une longue chaîne en acier dans une cour grise et angoissante. Autour de lui, nul signe de vie. Une espèce de ferme aux fenêtres closes, pas de véhicule, personne. Il hurlait d'angoisse, de solitude, de faim, il appelait au secours. Ces considérations échappaient aux enfants que nous étions mais nos intentions n'étaient pas si mauvaises puisque nous ne cherchions finalement qu'à l'apaiser, le détendre, au point de lui faire passer l'envie d'aboyer.

Nous avons lancé les chamallows dans sa direction, un par un puis par poignées. Il a hésité à croquer dans le premier puis les a engloutis. Une fois le sachet vide, nous avons filé et passé le reste de la matinée à traîner dans le village, portés par l'impression grisante d'avoir participé à une mission secrète.

Nous avons retrouvé mes parents, qui ne devaient rien savoir de notre expédition, pour déjeuner.

Mon père était ailleurs.

— Vous entendez ? a-t-il fini par demander.

Ma mère, inquiète, a dressé l'oreille.

— Non... Rien.

— C'est justement ça que je veux vous faire entendre. Rien. Le silence.

Un sourire est né au coin de sa bouche.

— J'ai réglé le problème.

Et de nous raconter comment, un peu plus tôt, il avait truffé des boulettes de steak haché de bâtonnets de Lexomil avant de les balancer au chien aboyeur, en passant, sans même sortir de la voiture. « Oh, pas grand-chose, juste de quoi lui faire passer l'envie de gueuler comme un con. »

Je crois que ma mère s'est mise à applaudir. Ma sœur et moi avions plus de mal à nous réjouir. Nous nous demandions ce qui pouvait arriver à un animal qui avait ingurgité une telle quantité de nourriture et de tranquillisants. Mon père était médecin, c'était typiquement le genre de questions que nous lui aurions posé... dans d'autres circonstances.

Plus tard, le même jour, en revenant d'un lac des environs, mon père fit un détour pour montrer le chien en question à ma mère. Mais de la pauvre bête ne restait que la longue chaîne gisant tristement sur le ciment. La seule marque de vie dans ce tableau sinistre s'était volatilisée.

Les jours suivants passèrent dans un silence suspect, inconfortable. Et puis l'explication nous fut donnée par le propriétaire de la maison que nous louions, croisé par hasard au marché de Salernes :

— Le cabot a bouffé je sais pas quelle saloperie, il est mort étouffé par son vomi.

À quoi ma mère, feignant la décontraction, avait répondu :

— Ah, oui, comme Jim Morrison.

Mon père, qui pensait s'être planté dans les doses de Lexomil, en conçut une culpabilité telle que ma sœur et moi nous sommes sentis obligés de lui avouer la vérité.

Il ne nous reprocha rien. Il nous expliqua que le chien avait probablement succombé à une overdose de sucre plutôt que de neuroleptiques, et nous demanda de ne rien dire à ma mère. « Je ne veux pas qu'elle s'imagine qu'elle vit avec une bande de meurtriers. » Et, de fait, trente ans plus tard, elle ignorait toujours la vérité sur la mort du chien du Var.

Celui de Mme Halberstadt, de son côté, n'avait pas bougé. Une demi-heure après son arrivée chez moi, il s'était mis à japper et à gratter sous la porte en entendant sa maîtresse partir pour l'hôpital. J'avais tenté de le réconforter en lui parlant, il m'adressait en retour des regards me suppliant de le faire sortir. Je ne devais pas savoir m'y prendre.

Lorsque le silence était revenu de l'autre côté de la porte, il avait attendu un peu avant de s'allonger sur le ventre, la tête posée sur les pattes de devant, exactement au même endroit.

J'ai consulté le classement de mon livre (inchangé) puis j'ai fait un tour sur Facebook, sur le site de *Libération*, où j'ai lu un article sur les adaptations de Jim Thompson au cinéma, et j'ai glissé dans le sommeil.

Quand j'ai rouvert les yeux, le chien se tenait toujours près de la porte. Il émettait un bruit de moteur assez proche de celui d'un Solex. Je sentais le reproche dans son regard. « Qui s'endort en début de soirée ? Tu n'as pas un travail, une occupation ? Des gens à voir, à appeler ? »

Il était 19 h 12. En partant maintenant, compte tenu de la circulation à cette heure de la journée, j'arriverais à L'Isle-Adam à temps pour le dîner.

J'ai fait un tour aux toilettes, où je me suis rappelé que le carlin devait lui aussi se soulager. C'était ça, le problème avec les chiens, vous n'étiez jamais complètement libre de vos mouvements...

Rien ne m'empêchait de combiner les deux sorties. Prendre la route avec lui et m'arrêter quelques minutes, en chemin, pour le promener en forêt. C'était mieux que l'avenue Eugénie, la forêt de L'Isle-Adam.

J'ai attrapé son harnais et je me souviens très bien de ce que je lui ai dit en le lui enfilant.

« Tu vas voir à quel point les hommes sont malheureux. »

4

Il faisait nuit depuis un moment quand nous avons pris la route. Nous avons roulé en écoutant Nicolas Demorand parler longuement de Trump puis de la Turquie. Le chien, assis sur le siège passager, semblait moins anxieux. Pas complètement détendu mais intéressé par ce qui se passait, curieux de cette escapade.

La forêt l'a laissé de marbre. Trois gouttes en sortant de la voiture, un coup d'œil en direction des arbres, avant de revenir vers moi, la tête basse et le pas raide.

Vingt minutes plus tard, je me garais dans la rue de Gérard Habib. J'ai éteint les phares, laissé le moteur tourner pour continuer à me chauffer et sorti les jumelles de la boîte à gants – des gestes qui, avec le temps, ne réclamaient plus ma concentration. Le chien m'observait en respirant bruyamment. Son odeur, celle surtout de sa bouche, avait investi l'habitacle, j'ai pensé aérer mais il faisait trop froid dehors.

La cuisine était la seule pièce éclairée de la villa. J'avais pris la route un peu tard. Maxine et son dentiste avaient commencé à dîner. En général, j'arrivais un peu avant qu'ils ne passent à table.

Ça m'a fait du bien de la voir. Quatre jours étaient passés depuis ma précédente visite et mes yeux la réclamaient. Elle portait un haut que je lui connaissais, une sorte de blouse violette qu'elle avait beaucoup mise à la fin de notre histoire, et elle s'était fait une queue-de-cheval, ce qui était inhabituel. Un grand saladier en verre était posé sur la table, près d'une bouteille de vin rouge encore pleine. Un abat-jour suspendu, une de ces lampes gamelles à la mode il y a dix ans, dispensait une lumière peu flatteuse. Maxine, les coudes posés sur la table, regardait droit devant elle. Elle avait à la main un petit pain dont elle ôtait la mie pour en faire des boulettes. Habib, de dos, me semblait encore plus voûté qu'à son habitude. Il a tendu le bras vers la bouteille, s'est servi d'une manière un peu brusque, et alors j'ai compris. Quelque chose n'allait pas. Il y avait un problème, un malaise, autour de cette table.

Je me suis redressé sur mon siège et j'ai redoublé d'attention. Maxine s'était passée de salade, elle semblait incapable de se nourrir autrement que comme un oiseau. Droite sur sa chaise, l'air défait, elle remuait la tête de gauche à droite, comme lorsqu'on refuse d'accepter une réalité, un fait accompli. Elle évitait du regard l'homme assis en face d'elle, qui n'avait aucun problème à se goinfrer, lui. Aucun d'eux ne parlait. On avait, semblait-il, dépassé le stade de la brouille, de l'anecdote. Un événement avait bouleversé Maxine au point de lui couper l'appétit. Quoi ? Un problème de fric ? Une histoire de cul ? Le gros Habib avait déconné ? Déjà ?

J'ai posé les jumelles sur mes cuisses. J'ai remarqué que le chien observait lui aussi la villa. J'ai trouvé ça amusant même si ça n'avait rien d'étonnant, la cuisine étant le seul point lumineux dans la nuit qui nous enveloppait. Une sensation de chaleur, née au creux de mon ventre, irradiait le haut de mon corps. Il faut comprendre, un rêve prenait forme sous mes yeux. C'était la première fois depuis que je les surveillais que ces deux-là affichaient autre chose qu'un bonheur sans tache, qu'ils se comportaient autrement que comme dans une pub pour une assurance-vie. La première fois que, dans cette affaire, la réalité me donnait raison : Maxine n'avait rien à faire avec ce type.

Quand je me suis remis à les épier, elle quittait la table, son assiette à la main. Elle l'a déposée dans l'évier, s'est retournée et a dit quelque chose à Habib. Je ne pense pas qu'il lui a répondu. Si c'est le cas, ce fut court car il s'est levé aussitôt pour aller dans le salon en emportant son assiette et son verre. Non, il n'a rien dit. Et c'est de le voir partir sans lui répondre qui a fait sortir Maxine de ses gonds. Elle a pivoté sur elle-même et, d'un geste ample, presque gracieux, a balayé tout ce qui se trouvait sur le plan de travail sur sa droite. Assiettes, verres, égouttoir. Une bouteille d'huile d'olive, aussi, il me semble. Le fracas fut tel qu'il m'est parvenu malgré les fenêtres fermées.

Au même moment, l'autre, imperturbable, s'enfonçait dans le canapé du salon. Maxine a passé quelques secondes immobile, la tête dans les mains, puis elle est sortie par la porte du fond, celle menant aux chambres, où je ne pouvais plus la voir.

J'ai posé les jumelles sur le siège passager, à côté du chien. Mon cœur s'était emballé. Je me suis vu sortir de la voiture et aller retrouver la femme de ma vie. « Tu vois, je te l'avais dit, ce type est une merde ! Allez, prends tes affaires, je te ramène ! »

Avec moi, elle n'avait rien cassé. En six ans de vie commune, une scène comme celle-là n'était jamais arrivée. On se disputait, bien sûr, mais pas de cette façon-là. On communiquait, on argumentait, c'était plus intellectuel.

À l'heure qu'il était, elle sanglotait sur son lit. Non, ce n'était pas son genre. Elle faisait sa valise. C'est ça, elle s'apprêtait à quitter le dentiste. Elle irait passer quelques jours chez sa mère pour faire le point et elle m'appellerait de là-bas pour me proposer qu'on se voie...

Peut-être se passerait-elle de retourner chez sa mère.

J'ai regardé mon téléphone. Rien, évidemment, mais j'ai tout de même décidé de rentrer. Si Maxine revenait, il fallait qu'elle trouve un appartement propre, accueillant, et non le cloaque qu'il était devenu.

J'ai fait la route du retour radio éteinte. J'avais besoin de silence pour établir mentalement la liste des tâches qui m'attendaient. Changer les draps, laver des slips. Ouvrir les fenêtres (très important). Comprendre pourquoi l'aspirateur ne marchait plus, résoudre le problème. Virer les légumes que ma mère m'avait donnés un mois plus tôt et qui avaient moisi dans le bac du frigo. Laver mes cheveux, couper mes ongles de pieds.

Je m'y suis mis en arrivant. Le chien ne m'a pas quitté des yeux. Il m'a regardé secouer, gratter, jeter, programmer, aspirer, asperger, repasser, rincer, étendre, comme si ça comptait pour lui aussi. L'hospitalisation de sa maîtresse, le changement d'appartement, tout cela semblait loin.

À deux heures du matin, j'avais fait le plus dur. Je suis descendu déposer deux sacs pleins dans le local à poubelles. J'en ai profité pour promener le chien qui a passé un temps infini à renifler le coin d'une grille d'égout. On aurait vraiment dit qu'il venait de faire une découverte capitale pour l'avenir du monde vivant.

En l'observant, j'ai pensé à mon livre. Distrait par les événements de la soirée, je n'avais pas consulté son classement depuis un moment et, exactement comme un fumeur, j'en ressentais le manque. Je me suis connecté et... *Entrée dans l'hiver* était 183 425e. Il avait gagné plus de 300 000 places en quelques heures. Au moins un exemplaire de mon livre avait été commandé dans la soirée. Par qui ? Pourquoi ? Qu'est-ce qui avait suscité l'envie, déclenché l'achat ?

« Qui que vous soyez, merci », ai-je pensé, en levant discrètement mes yeux vers le ciel, comme pour mieux faire passer le message. J'existais. Un peu, pas beaucoup, mais on s'en fout. Il y avait eu une interaction, un échange, la vie redevenait intéressante. Un autre cerveau était en contact avec mes mots, ma sensibilité, le meilleur de moi. Je faisais bien partie de ce monde, pas d'un autre.

J'ai eu envie de rentrer chez moi et de me mettre à écrire. Une autre histoire, un autre livre, meilleur celui-là, car il me semblait avoir compris pourquoi *Entrée dans l'hiver* avait séduit si peu de monde. J'avais manqué de confiance en moi, d'ambition. J'avais contenu le style, les effets, les intrigues secondaires. J'avais dit, énoncé, pas crié. Je n'avais pas assez rêvé.

Cette nuit-là, je me suis couché heureux, ce qui ne m'était pas arrivé depuis longtemps. La dernière fois, c'est bien simple, c'était dans les premiers temps de mon histoire avec Maxine, quand les nuits étaient comme des lacs en été dans lesquels nous sautions, nus, en nous tenant par la main.

5

En me voyant ouvrir les yeux, le chien a relevé la tête. À sa couverture étendue près de la porte, il avait préféré ma chaise de bureau dont le siège correspondait parfaitement à sa taille. Je me suis demandé s'il y avait passé la nuit.

Je me sentais comme un gosse un jour de départ en vacances. Le fond de mon esprit me signalait une joie diffuse qui mit quelques secondes à se préciser.

Mon tout premier geste fut d'attraper mon téléphone pour m'assurer que mon roman n'avait pas trop chuté dans le classement. C'est souvent le cas avec Amazon : un achat booste les ventes pendant quelques heures mais la force de l'insuccès ramène inexorablement le livre vers les profondeurs.

Il a fallu que je m'asseye dans le lit pour m'assurer que je ne rêvais pas. *Entrée dans l'hiver* avait encore progressé. Il était classé 88 001e et avait gagné un commentaire – un commentaire et quatre étoiles qui faisaient grimper sa moyenne à 3,5.

L'avis, intitulé « Une réussite », parlait d'un « récit maîtrisé, très prenant par moments, autour d'un thème pourtant tragique ». Il avait été laissé par un certain « Yves R. » que je ne connaissais pas, un vrai client (à l'achat « vérifié ») dont l'expression précise, articulée, traduisait une habitude des mots. Le lecteur idéal. Je l'imaginais installé dans une propriété en Sologne, lisant devant une cheminée crépitante quand il ne faisait pas du cheval ou l'amour à des femmes aussi lettrées que lui. Un ancien professeur d'université. S'il avait aimé *Entrée dans l'hiver*, pourquoi pas 1 000 autres personnes ? 10 000 ?

J'ai eu envie d'appeler quelqu'un, n'importe qui, mon éditrice, ma mère, pour en parler, partager ma joie, mais je me suis raisonné. Il n'y avait pas de quoi s'emballer. Oui, le livre avait progressé dans le classement, oui, sa trajectoire avait été inversée pour la première fois depuis sa sortie mais il n'était que 88 001e et sa note moyenne ne dépassait pas 3,5. On restait tout de même dans une grande médiocrité.

La réalité m'apparaissait plus belle, plus inspirante qu'elle n'était, et je compris pourquoi. C'est que ce petit miracle succédait à un autre, celui de L'Isle-Adam, la veille. L'image de Maxine envoyant voler sa vaisselle m'est revenue et je suis sorti du lit. La journée s'annonçait potentiellement riche endéveloppements. Maxine n'avait pas appelé mais il n'était pas question de se laisser surprendre si elle le faisait. Et si l'appartement n'avait rien à voir avec ce qu'il était vingt-quatre heures plus tôt, il n'était toujours pas prêt à l'accueillir.

6

À Bricorama, on a le droit d'entrer avec un petit chien. Ils vous laissent même le balader dans un caddie s'il est propre. Un vieux monsieur me l'a appris alors que je m'apprêtais à attacher le carlin à l'extérieur du magasin. « Ne faites pas ça, malheureux ! Les Roms vont vous le voler ! Ils en tirent un fric fou de ces chiens-là ! »

Je l'ai jugé digne de confiance et remercié. Le chien, lui, a montré sa reconnaissance en déféquant sous nos yeux, devant l'entrée du magasin. Des petites crottes apparemment dures, Mme Halberstadt avait dit vrai. Bien sûr, je n'avais rien pris pour ramasser. Le vieux l'a compris et a levé les yeux vers la porte. « Maintenant, tout le monde va marcher dedans », a-t-il regretté, avant de s'en aller. J'ai fait semblant de chercher de quoi nettoyer dans mes poches à l'intention des caméras de surveillance et, sans plus attendre, nous sommes entrés.

Impossible de trouver un rideau de douche dans une couleur pas repoussante, gris trottoir ou bordeaux vinasse. J'ai longtemps hésité avant d'opter pour le premier prix, un rideau en plastique transparent. Je l'ai jeté dans le caddie et j'ai consulté ma liste. J'avais déjà le Miror, le Canard WC, le rideau de douche, il me restait l'escabeau, les pinces à linge et l'engrais pour le ficus.

J'ai avancé dans le magasin en surveillant les indications au bout des rayons. *Quincaillerie, visserie...* En voyant *Isolation*, j'ai pensé au froid qui s'immisçait dans mon studio. Ils proposaient des bas de porte amusants, de longs boudins en laine évoquant des chenilles ou des bassets. J'en ai attrapé un en me demandant s'il valait ses 23,90 euros, et je l'ai vue.

Elle.

La fille de Mimosa.

Mimosa est une boutique-restaurant bio où on allait souvent le samedi, avec Maxine, du temps de nos amours. Je la retrouvais là-bas après son cours de yoga et on y déjeunait. C'était pratique et surtout délicieux. Ils étaient réputés pour leurs quiches végétariennes toujours inventives et leur fondant au chocolat, qu'ils présentaient comme le meilleur du monde – ce qui ne sonnait plus tout à fait comme une boutade quand on l'avait dans la bouche.

La fille qui se trouvait à deux mètres sur ma gauche au rayon isolation du Bricorama de Colombes y avait travaillé, un été. Je m'en souvenais très bien, je pouvais donner l'année et pratiquement les dates de son contrat tellement elle m'avait marqué. Oui, j'étais en couple, mais il était impossible de ne pas être touché par l'exceptionnelle beauté de cette serveuse que Maxine elle-même avait louée plusieurs fois. Je soupçonne beaucoup de clients de n'être venus à Mimosa cette année-là que pour la voir plisser les yeux quand elle prenait commande derrière le comptoir ou onduler entre les tables lorsqu'elle débarrassait. Et comme Proust pour qui le délice du poulet du samedi allait avec la grandeur d'âme de Françoise qui le lui préparait, nombreux devaient être ceux qui, à la merveille de ce fondant, associaient la fraîcheur des fleurs disposées à l'entrée de la boutique, le plaisir du week-end qui commençait et, surtout, la splendeur de cette fille.

Un rien de Kate Moss, jeune. Une blondeur nordique. Des joues légèrement teintées de rose. Un port de tête magnétique. Un visage dont on savait qu'on ne l'oublierait pas, dont on se disait qu'il ferait probablement carrière dans la mode ou au cinéma et que c'était un privilège de l'avoir vu avant.

À Bricorama, elle m'offrait son profil mais c'était suffisant, je voyais que sa beauté était inchangée, que la magie opérait autant qu'à Mimosa. J'ai fermé les yeux comme pour fixer ce moment miraculeux dans ma mémoire et dans le temps car je me doutais qu'il ne durerait que quelques secondes, que quelqu'un arriverait, un très beau mec avec qui elle repartirait nonchalamment, un vendeur scrupuleux qui avait la réponse à la question qu'elle lui avait posée...

— C'est intelligent, comme chien ?

J'ai ouvert les yeux.

— Hein ?

Elle s'était approchée et avait posé la main sur le carlin qui, dans le caddie, se trémoussait comme s'il entendait la *Macarena*.

— Ton chien, il est intelligent ?

— Très. Très intuitif.

Je n'en avais pas la moindre idée, je ne m'étais jamais posé la question, je cherchais surtout à avoir l'air naturel.

— Ma grand-mère avait le même, dit-elle. J'allais la voir pour passer du temps avec lui... Moi, j'ai un dachshund. Tu connais ?

— Non.

Ce que je savais, en revanche, c'est que sa voix avait sur moi l'effet hypnotique de certaines œuvres d'art – les tableaux de Vermeer ou les premières mesures du *Requiem* de Fauré.

— Les chiens saucisses, dit-elle.

— Ah, d'accord.

— Ce sont des chiens qui adorent faire les clowns. Enfin, le mien. Il a quel âge, celui-là ?

— Douze ans.

— C'est bien, il a l'air en forme pour douze ans... Comment il s'appelle ?

Trou. Black-out. Hiver islandais. Impossible de me rappeler le nom de ce chien que j'avais dû entendre deux fois dans la bouche de Mme Halberstadt. Je me souvenais qu'il commençait par un C et ressemblait à *courgette*, mais rien de plus. Un maître hésite rarement quand on lui demande le nom de son chien, et comme je voulais qu'elle pense qu'il m'appartenait, j'ai répondu :

— Courgette.

— Courgette ?

— Oui.

Courgette, Claquette... Croquette ! Il s'appelait Croquette ! Ça m'était revenu, mais trop tard. Rectifier m'aurait fait passer pour encore plus con que d'avoir donné un nom de cucurbitacée à mon chien.

— C'est marrant, ce nom pour un... c'est un mâle, non ?

J'ai fait oui de la tête, comme à regret. Elle a dû percevoir une certaine confusion puisqu'elle a enchaîné :

— Tu habites Colombes ?

— Colombes, oui.

— Tu vas au parc pour chiens de l'île Marrante ?

— Le ?

— Le petit parc pour chiens, à l'île Marrante. Franchement, c'est trop bien. J'y vais souvent, avec Billy, mon dachshund.

— C'est drôle parce que j'y pense depuis quelques jours. Je me dis que maintenant que j'ai plus de temps, j'irais bien faire un tour au parc pour chiens de l'île Marrante.

Elle a semblé hésiter.

— Tu as plus de temps ?

— Disons que je suis dans une sorte de vide en ce moment. De passage...

Oh là, je racontais n'importe quoi.

— Enfin, en transition. Mon dernier livre est sorti il y a cinq semaines et je prépare le suivant.

— Tu écris ?

— Oui, je suis romancier.

— C'est génial ! Quel genre de romans ?

Question piège. Les rares fois où on me l'avait posée, j'avais remarqué que le sujet d'*Entrée dans l'hiver* (un appartement abandonné par ses occupants, déportés à Auschwitz) ou celui de mon roman précédent (la méthode cartésienne appliquée au monde d'aujourd'hui) avaient tendance à plomber l'ambiance. J'ai opté pour une pirouette qui, au passage, soulignait mon humilité :

— Des romans que personne ne lit.

J'ai immédiatement regretté cette phrase.

— Tu devrais écrire sur les chiens, reprit-elle. Les gens adorent les histoires de chiens. Si tu viens à l'île Marrante, je suis sûre que ça te donnera des idées.

Et, en plus, elle était adorable. Je n'avais qu'une envie, me pencher vers elle, poser ma bouche sur la sienne, m'arrêter quelques secondes pour la regarder et recommencer.

— Je pense y aller vendredi. Si ça te dit.

— Pourquoi pas ?

— Comme ça, Courgette rencontrera Billy... J'y vais le matin, vers 11 heures, en général.

— 11 heures, c'est parfait.

Elle a caressé Croquette, qui faisait vibrer le caddie en se tortillant dans tous les sens.

— Alors, on se voit vendredi, mon petit Courgette ?

Elle a écarté une mèche qui tombait sur ses yeux, son regard m'a projeté contre le mur, à l'autre bout du magasin.

— Au fait, je suis Lois.

Je revoyais son nom, écrit à l'ancienne, sur son badge de Mimosa.

— Baptiste, enchanté.

Enchanté.

Envoûté.

Émerveillé.

*

En arrivant chez moi, j'avais 16 ans. 17, grand maximum. Je ne m'étais jamais senti aussi bien, aussi léger, aussi confiant, de toute ma vie d'adulte. Je répétais « Lois, Lois... » comme si c'était un mot d'une langue étrangère que je venais d'apprendre. J'ai calé mon iPod sur le player, lancé *Lovely Day* de Bill Withers et j'ai rangé mes courses en reprenant :

Then I look at you,
And the world's alright with me...

J'ai mis de l'eau dans une casserole et attendu qu'elle chauffe en me dandinant devant la fenêtre de la cuisine. Le monde paraissait avoir des teintes plus claires, des couleurs plus vives, plus de rouges, d'oranges et de jaunes. J'ai remarqué l'arbre sur le trottoir en bas de chez moi. Sa hauteur, sa droiture magnifique, ses proportions parfaites, il me semblait que je les voyais pour la première fois.

Le tilleul en bas de l'immeuble, le chant d'un merle quelque part dans la ville, la lumière jaune s'échappant d'une chambre sous les toits. La beauté était partout, je recommençais seulement à la voir, à l'éprouver...

À mon bureau, sur une feuille vierge, j'ai noté :

Un tilleul dans la ville.
Le chant d'un merle dans la ville.
La lumière s'échappant d'une chambre sous les toits.

Puis, en haut de la feuille, comme un titre à cette liste, j'ai inscrit :

Les belles choses

Un titre un peu neuneu mais tellement sincère – je n'en voyais pas d'autre...

Un tintement de clochette m'a tiré de mes pensées. Une alerte sur mon téléphone. J'avais reçu un email, ce qui ne m'arrivait plus. Je mourais d'envie d'allonger ma liste de belles choses mais encore plus de savoir qui m'avait écrit.

Le message, réexpédié par ma maison d'édition, provenait d'une certaine Martine Bloch, directrice de la médiathèque Michel-Delpech de Lons-le-Saunier.

> Cher Monsieur,
>
> Compte tenu du succès de votre dernier roman et à la demande de plusieurs lecteurs, la médiathèque souhaiterait vous convier à un brunch littéraire autour d'*Entrée dans l'hiver.*
>
> Ces rencontres, occasions de dédicaces et d'échanges privilégiés entre les auteurs et leurs lecteurs, sont très

appréciées des Lédoniens qui y assistent toujours en grand nombre.

Pensez-vous pouvoir nous retrouver le dimanche 18 février à 10 heures ? Bien entendu, vos frais de transport et de bouche seront à la charge de la médiathèque.

En espérant que vous réserverez une suite favorable à ma demande, je me permets de vous féliciter à nouveau pour votre livre (que j'ai moi-même beaucoup apprécié) et vous demande d'agréer...

J'ai dû le relire pour me convaincre que ce n'était pas une farce. Gilles aurait pu me faire un canular de ce genre, même si je l'imaginais mal y consacrer du temps. Mais Google me l'a confirmé : la médiathèque Michel-Delpech existait bien, Martine Bloch aussi, et *Entrée dans l'hiver* figurait dans leurs coups de cœur « romans ». C'était d'ailleurs la première fois, à ma connaissance, qu'un de mes romans se trouvait ainsi distingué.

J'ai passé un moment à caresser ma barbe, les yeux braqués sur la photo de Martine Bloch (qui avait l'air plus rieur que son message ne le laissait penser). J'ai quitté Google, Gmail, le site de la médiathèque et, par pur conditionnement, sans même y prêter attention, j'ai ouvert Amazon. Mon livre était classé 76 542ᵉ. Il avait gagné plus de 10 000 places en quelques heures.

Les petites étoiles orangées ne me faisaient plus peur, ni l'inscription à côté (« 2 commentaires client »). Cette page tout entière devenait mon alliée, et mon livre aussi. Je recommençais à penser qu'il avait des qualités, que leur nombre dépassait peut-être celui de ses défauts, que c'étaient surtout elles qu'on retenait de la lecture...

J'ai reculé sur ma chaise à roulettes comme pour prendre un peu de distance. Il se passait quelque chose, je ne pouvais plus le nier. Mes yeux ont cherché l'autre témoin de mon bonheur – le chien qui, couché sur sa couverture, m'observait sagement, attentivement. Quand nos regards se sont croisés, il a relevé la tête.

7

— Écoute, mon roman est un four. La maison d'édition est au bord du dépôt de bilan, l'attachée de presse s'est barrée deux semaines avant la sortie, y a pas eu de promo. On a dû en vendre 800. Le livre était classé 475 000e sur Amazon. Je récupère le chien de ma voisine et il se retrouve dans les 70 000. J'ai l'impression d'être dans un film. Une comédie grand public. Un écrivain à la ramasse récupère un chien magique et sa vie change du tout au tout.

— Tu étais 475 000e ?

— Hier matin, oui.

— C'est pas bon comme classement.

— Non, mais, justement, c'était hier. Aujourd'hui, je suis dans les 70 000.

— 70 000e, ça veut dire qu'il y a 69 999 livres qui se sont mieux vendus que le tien ?

— En gros, oui.

— C'est la capacité du stade Vélodrome de Marseille. Si tu veux te faire une idée du nombre de gens qui n'ont pas acheté ton livre, tu regardes des images du Vélodrome plein.

— Hein ? Laisse tomber, je n'ai pas besoin de me faire une idée.

— Tu aurais pu. Pour te rendre compte.

Gilles était mon meilleur ami depuis la fac. Pendant quelques mois, à la fin des années 90, on avait étudié la même chose : les lettres modernes. Très vite, il avait fait un choix qui, sur le coup, m'avait semblé catastrophique : il avait bifurqué vers le sport. J'avais poussé jusqu'au DEA, il avait passé une licence d'éducation physique puis parcouru le monde pendant un an. J'avais raté l'agreg, deux fois, il était entré au Club Med Gym. J'avais successivement rencontré une meneuse de revue du Crazy Horse de douze ans mon aînée, une hôtesse de l'air qui faisait une psychanalyse avec la petite-fille de Freud, une Italienne qui voulait absolument que je rencontre sa famille, là-bas, dans les Pouilles, Gilles avait fait la connaissance de Chacha, elle était tombée enceinte, ils s'étaient pacsés. J'avais mis six ans à écrire mon premier roman, qui n'avait pas marché, il était devenu papa de deux enfants. J'avais persisté dans l'écriture sans trouver le succès, il s'était pris de passion pour le tai-chi et avait ouvert un centre d'arts martiaux qui était devenu l'un des plus fréquentés des Hauts-de-Seine.

On ne se ressemblait pas, on évoluait dans des mondes différents et, pourtant, notre amitié ne faiblissait pas. C'était un fait, établi, incontestable, comme la tour Eiffel au Champ-de-Mars ou Noël le 25 décembre. La question ne se posait même pas.

Le problème, avec Gilles, c'était sa moitié. Sa compagne. Chacha. Une fille ronde, énergique, assez vulgaire pour tout dire (l'une des expressions récurrentes dans sa bouche était « Je m'en bats les couilles », ce qui ne manquait pas de m'interpeller à chaque fois). Quand je les voyais ensemble, elle avait tendance à occuper tout l'espace, la dynamique changeait, j'avais l'impression que mon ami m'était confisqué.

Et puis elle avait un site.

Chacha, qui voulait devenir puéricultrice, avait entamé des études qu'elle avait interrompues pendant sa première grossesse. Un jour, « pour faire autre chose que changer les couches et réchauffer les biberons», elle avait créé un blog dans lequel elle livrait des anecdotes sur son quotidien de maman de deux jeunes enfants. Petit à petit, sans qu'on en entende parler, Chacha's Corner avait conquis de plus en plus de lectrices. Trois ans après sa création, c'était devenu un site Internet dédié au *life coaching*, recevant 200 000 visites par jour et sponsorisé par des marques comme Nestlé. On y trouvait des citations inspirantes («La vraie vie commence là où ta zone de confort se termine»), des petits textes amusants (impliquant des mamans débordées, neuf fois sur dix) et une quantité invraisemblable de produits dont il était difficile de dire s'ils étaient testés ou si on en faisait simplement la pub. Chacha recommandait le moindre fer à lisser et le fabricant se retrouvait en rupture de stock. Elle se prenait en photo en faisant la grimace et en s'ajoutant des oreilles de chat roses, elle récoltait 5 000 *j'aime* et des commentaires s'extasiant comme si elle avait écrit la *Cinquième symphonie* ou résolu le mystère de la vie sur Terre. Elle était invitée aux avant-premières de Disney, aux lancements de l'iPhone. On l'arrêtait dans la rue pour la serrer dans ses bras et faire des selfies. Elle était même passée à *C à vous*.

Son succès m'agaçait. Par jalousie, il faut le reconnaître (les rares photos que je postais sur Facebook obtenaient rarement plus de 30 *j'aime*) et aussi parce que je ne le comprenais pas. Il me semblait aussi injustifié que mon insuccès. Dans mon esprit, la célébrité arrivait après avoir peint *Guernica* ou découvert la pénicilline, pas après la mise en ligne d'une vidéo vantant les mérites d'un gloss à paillettes.

Et puis la gloire de Chacha ne lui réussissait pas. Elle avait grossi, souriait moins, s'accrochait à sa tablette comme un junkie à sa dose de crystal meth. Elle devenait irritable quand elle recevait un nombre de *likes* qu'elle jugeait insuffisant et je ne l'ai jamais vue plus paniquée que le jour où sa fille a renversé du jus d'abricot sur le clavier de son ordinateur. On sentait qu'à ses yeux l'humanité se limitait de plus en plus à ses égaux, ces « élus » qui totalisaient un grand nombre de *followers* sur les réseaux sociaux. Les autres étaient invisibles à ses yeux. Autant dire qu'avec mes 224 amis sur Facebook, romancier ou pas, elle avait à peu près autant de considération pour moi que pour les croûtes aux genoux de ses enfants.

Sous prétexte de « sortir de sa bulle », elle passait beaucoup de temps dans l'espace restauration du club d'arts martiaux de Gilles, une grande pièce blanche très agréable, où on la voyait attablée, penchée sur son écran, l'air renfrogné et, de toute évidence, complètement dans son monde.

Ce jour-là, merci mon Dieu, elle n'était pas là. J'avais toute l'attention de Gilles, qui a posé ses coudes sur la table et s'est penché vers moi comme un flic dans une série policière.

— Tout a commencé par la scène à L'Isle-Adam, c'est ça ?

— Exact.

— Déjà, faut que t'arrêtes d'aller les espionner, ça devient carrément malsain.

— Je sais. C'était la dernière fois. De toute façon, depuis que j'ai rencontré Lois, Maxine m'est sortie de la tête.

— OK. Bon, ce que je pense, c'est que cette scène t'a fait du bien. Tu l'as perçue comme un événement positif et tu t'es mis à voir le bon côté des choses. Tu sais ce que c'est, le bien attire le bien. C'est une question d'ondes, d'énergie. De chi.

— De ?

— Chi, en philosophie chinoise. L'énergie universelle. Le souffle vital.

— Le souffle vital expliquerait le coup de sang de Maxine, le message de la médiathèque, le classement de mon livre et Lois ? Tout ça, coup sur coup ?

J'ai continué, plus bas :

— Elle m'a filé rendez-vous, tu comprends ? Je ne pensais pas qu'un truc comme ça pouvait m'arriver. Elle a tout changé, tout ouvert. Si je peux être aimé d'une fille comme elle, plus rien n'est impossible.

— Ah ouais, quand même.

— Je fais une liste de belles choses, tu te rends compte ? Des choses toutes simples dont on ne prend pas le temps de remarquer la beauté. Les arbres, les oiseaux...

— T'es dans un mood hyper positif, c'est bien.

Un employé du centre a déposé un bol d'eau fraîche près de Croquette, à mes pieds. Gilles l'a remercié et a observé le chien commencer à boire en en mettant partout.

— On dirait vraiment qu'il s'est pris une porte, a-t-il commenté, avant de relever la tête. Tu pourrais me le filer, dimanche ?

— Quoi ?

— Flavien a une compet' de judo dimanche. On prendrait le chien avec nous dans les tribunes, comme ça, on pourrait vérifier si...

— Ce serait avec plaisir mais sa maîtresse revient samedi.

— Ah. Et tu peux pas lui demander ?

— De me le laisser ? Non. Elle n'accepterait pas. Elle rentre de l'hôpital, elle récupère son chien, et *basta*.

Il avait l'air déçu.

— File-le-moi.

— Hein ?

— File-le-moi, là, maintenant.

Je lui ai tendu Croquette, il l'a posé sur ses cuisses en disant : « Putain, il pèse une tonne » et a fait défiler les contacts sur son téléphone.

— La petite sœur de Chacha lui a réclamé du fric hier.

Chacha ne sait pas comment lui dire non, elle est super emmerdée, alors elle m'a demandé de gérer le truc.

J'ai eu envie de lui dire que ça n'allait pas marcher, que si je lui avais raconté tout ça, c'était surtout pour avoir son avis, que j'avais besoin de parler, que c'était souvent le cas des écrivains, qui passaient beaucoup de temps seuls – mais je n'en ai pas eu l'occasion.

« Allô, Muguette, c'est Gilles... Ça va, ça va. Écoute, je t'appelle par rapport à ton coup de fil d'hier, à Chacha. Comme elle est très occupée, elle m'a demandé de... Ah... Ah bon ?... D'accord... Mais, aujourd'hui ?... Bah, écoute... Oui, c'est marrant... Mais, tu sais, on aurait pu te dépan... Oui, d'accord... OK... Moi aussi. »

Il a posé son téléphone sur la table calmement, en l'alignant au bord du plateau.

— Elle s'est arrangée autrement. Elle avait postulé à un job au 5 à Sec en bas de chez elle. Ils viennent de l'appeler pour lui dire qu'elle est embauchée.

8

J'ai décidé de rentrer chez moi à pied, ce qui ne m'était pas arrivé depuis longtemps. Je n'habite pas tout près mais j'avais envie de marcher. Il faisait un temps de montagne. Grand soleil, froid piquant. Beaucoup d'air, de lumière. C'était particulièrement délicieux en traversant le beau Colombes des pavillons, des allées, des érables et des cèdres. Je me suis vu m'y promener avec Lois, le dimanche. Le soleil dans ses cheveux. L'amour inscrit dans la durée. Un enfant, pas loin, sur un vélo à trois roues.

En chemin, je me suis arrêté chez mon coiffeur, qui se prénomme Glenn (je me suis promis de penser à Glenn Gould pour ne plus l'oublier). Il a adoré le chien, qu'il a pris en photo sous tous les angles, y compris avec des lunettes de soleil. Je ne sais pas si je le dois à Croquette mais la coupe qu'il m'a faite était particulièrement réussie.

Chez moi, j'ai appelé la médiathèque Michel-Delpech. Martine Bloch était folle de joie. « Ça n'arrive pas tous les jours de parler à un grand écrivain. » J'ai cru qu'elle plaisantait puis j'ai compris que non. Je lui ai confirmé ma venue à son brunch littéraire.

À mon bureau, j'ai complété ma liste de belles choses puis, sans intention précise, j'ai ouvert d'anciens dossiers dans mon ordinateur. Je suis tombé sur un projet entamé quelques années plus tôt. Une nouvelle qui aurait servi de base à un scénario pour Fanny Ardant. Je me souvenais parfaitement de sa genèse. J'avais lu une interview de l'actrice dans laquelle elle regrettait de ne pas se voir proposer plus de comédies. Mon deuxième roman était sur le point de paraître et, porté par le sursaut de confiance qui accompagne chaque sortie de livre, j'avais décidé de relever le défi. Écrire une comédie pour Fanny Ardant. L'histoire d'Élise, femme de notaire sarthois, qui se prend de passion pour une discipline à l'opposé de son univers catho-coincé : la boxe thaïe.

J'en avais écrit une vingtaine de pages qui, à la relecture, m'ont semblé meilleures que dans mon souvenir. L'intrigue tenait la route, les dialogues sonnaient juste, je me suis surpris à rire plus d'une fois... Pourquoi avais-je laissé tomber, si près du but ? Je m'étais probablement dit que ce n'était pas assez drôle, que l'écriture d'une comédie répondait à des règles que je ne maîtrisais pas. Ce qui, d'ailleurs, n'était qu'un prétexte. Au fond, ce que j'appréhendais le plus, c'était probablement la réussite de ce projet – qui m'aurait contraint à sortir de ma zone de confort, aurait dit Chacha.

Ce jour-là, en tous cas, je ne le craignais plus (le temps libère naturellement de ce genre de peurs) et j'ai repris ce texte à l'endroit précis où je l'avais laissé.

En quelques minutes, quelques secondes, même, je me réappropriai le plus grand des plaisirs. Écrire. Revisiter le monde des rêves à cinq heures de l'après-midi. Attraper les mots, les soupeser comme des tomates au marché. Parler avec son ventre autant qu'avec sa tête. Tout lâcher et tout contrôler à la fois. Dire. Dire la vérité. Raconter au plus près, au plus vrai, la folie de ce monde, sa cruauté et sa drôlerie. Faire comme si tout cela avait un sens.

J'y aurais probablement consacré la soirée et une bonne partie de la nuit si ma mère n'avait pas téléphoné pour me rappeler qu'on avait prévu de se voir.

9

Je m'apprêtais à lui parler du chien mais c'était oublier qu'avec ma mère on ne choisit pas le sujet de conversation. En voyant Croquette, elle a dit : « Greta a le même, en moins obèse » et, sans poser la moindre question à son sujet, elle est retournée dans son salon. Là, elle nous a servi deux verres et a embrayé sur ce qui l'intéressait, la passionnait, l'obsédait : mon père.

Il l'avait quittée quatre ans plus tôt mais c'était comme s'il l'avait fait la veille. Il faut dire que les circonstances étaient particulières, doublement traumatisantes, puisqu'en même temps que son départ, il avait annoncé son homosexualité. De l'avis général, il aurait été plus avisé de le faire en décalé.

Ma sœur et moi n'avions pas vraiment été surpris. Mon père avait toujours été efféminé. À la Jean-Claude Brialy, disons, juste assez pour qu'on comprenne. Et cette semi-révélation nous avait à peine dérangés. D'abord, parce que, quand elle avait eu lieu, nous étions adultes (j'avais trente-cinq ans, ma sœur trente-et-un). Et, surtout, parce qu'il avait été un excellent père, présent et aimant, attentif et inspirant. Un homme curieux de tout, apprécié de tous, qui faisait notre fierté lorsqu'il venait nous chercher à l'école. Quelle différence pour nous si, dans le secret de son intimité, le genre masculin avait sa préférence ?

Il en avait été autrement pour ma mère, pour qui la surprise fut totale, le choc brutal. Du jour au lendemain, elle bascula dans un état de crise où le sommeil se faisait rare, le crémant de Bourgogne omniprésent, les neuroleptiques indispensables. Elle n'avait rien vu, rien senti, et pour cause : en plus de la tendresse qu'il avait pour elle (qu'il était facile de prendre pour du désir), il témoignait de qualités toutes féminines d'écoute, de prévenance et de délicatesse qui en faisaient un compagnon irremplaçable.

Quand je lui suggérais qu'elle aurait pu s'en douter en lui rappelant que mon père adorait la coiffer, l'aider à choisir ses robes et qu'il me faisait danser sur *Monday, Tuesday* de Dalida dont la chorégraphie n'avait pas de secrets pour lui, elle me répondait : « Je me disais que c'était un homme exceptionnel, voilà tout. Je voyais les bourrins que les autres femmes se coltinaient et je trouvais que j'avais de la chance. »

Mais le temps panse toutes les plaies et, au terme de phases assez semblables à celle d'un deuil, ma mère avait fini par se relever. Marquée mais debout, elle était parvenue à oublier un peu mon père, au point, même, de caresser l'idée de s'inscrire sur un site de rencontres pour seniors.

Hélas, à peine commençait-elle à adhérer aux termes de sa nouvelle vie que mon père en avait remis une couche. C'est à croire qu'il le faisait exprès. Moins de deux ans après cette séparation, il avait annoncé sur Facebook qu'il était en couple et projetait de se marier (la « double nouvelle » était devenue sa spécialité). Ma mère rechuta aussitôt. Insomnies, crémant, Xanax. Retour de questions qu'on croyait tranchées, des idées noires, des idées fixes. Mais qu'est-ce que j'ai fait pour souffrir comme ça ? Tu crois que c'est moi qui l'ai dégoûté des femmes ?

Elle avait, en plus, cette fois, un visage sur lequel jeter son dévolu. Un visage et un nom. René Nguyen. Le futur mari de mon père. Un septuagénaire d'origine vietnamienne, ancien chargé de clientèle au CIC de Fontenay-aux-Roses, dont la particularité était d'avoir la même pose et la même expression sur toutes les photos (sourire forcé, tête légèrement de biais offrant exactement le même trois quarts).

— Ils sont en vacances, tu as vu ?

Ma mère a posé son verre, s'est installée devant son ordinateur et a calé sous mes yeux la dernière photo publiée par mon père sur Facebook, qu'elle avait dû passer des heures à décortiquer. On l'y voyait, tout sourire, lever le pouce devant un bâtiment blanc. Il avait un pull rouge à grosses mailles comme on en portait à la montagne dans les années soixante et un sourire d'adolescent. Sur la pelouse, devant lui, se dessinait l'ombre de René, qui prenait la photo.

— Il a une tête d'alcoolique, tu ne trouves pas ? dit ma mère.

Sans attendre ma réponse, elle a fait défiler le journal jusqu'à une photo antérieure, prise chez mon père, cette fois – dans son appartement de Grasse. Un selfie les montrant, René et lui, serrés l'un contre l'autre sur le balcon, dans une belle lumière hivernale.

— Il a l'air fatigué, non ?

— Qui ?

— Ton père.

Elle a posé l'index sur l'écran, sous les yeux de mon père.

— C'est boursouflé, là, non ?

Non, ce n'était pas boursouflé, il n'avait l'air ni alcoolique, ni fatigué, ou alors fatigué comme quand on a trop aimé, trop embrassé, par un trop-plein de joie, de bonheur. À mes yeux, cette photo ne véhiculait qu'un message et il était engageant : accroche-toi, la vie en vaut la peine, on peut trouver le bonheur à un âge avancé.

Je n'ai rien dit, ce qui ne faisait aucune différence. Ma mère, en l'occurrence, n'était intéressée que par son propre avis.

— De toute façon, l'image que les gens donnent d'eux-mêmes sur Facebook n'a rien à voir avec la réalité. Regarde Greta. En la voyant poser dans sa villa de Marrakech, tu en viendrais presque à l'envier alors qu'elle est complètement flippée, que quand elle oublie de prendre son Effexor, elle a l'impression que les murs bougent. C'est comme quand tu te promènes dans les rues du 7e arrondissement. Tu te dis que les gens qui vivent dans des immeubles aussi beaux sont forcément heureux, mais pas du tout. Ils sont aussi malheureux que les autres. La seule différence, c'est qu'ils n'ont pas à se lever le matin. Bon, bah, ton père, c'est pareil. Il se force à sourire mais je suis certaine qu'il vit un enfer. L'autre a une tête d'hystérique, il doit le surveiller, le fliquer. Les Asiatiques sont comme ça.

Elle a continué un bon moment, et même pendant le repas que nous avons pris dans un restaurant indien, près de chez elle. Les amants que mon père avait probablement eus par le passé (« Je pense qu'il a eu une aventure avec M. Caruso, ton professeur de dessin ») ; le mariage à venir (« Tu sais si la liste est déjà publiée ? ») ; les talents de cuisinier de René (« Tu sais s'il leur fait de la cuisine viet ? »).

À la fin du repas, je ne pouvais plus entendre un mot sur le sujet. Ma mère l'a senti et a voulu corriger le tir alors que nous attendions l'addition : « Alors, ce chien, il sort d'où ? »

Je lui ai fait le même résumé qu'à Gilles un peu plus tôt, en changeant seulement l'épisode L'Isle-Adam (pas question qu'elle sache que j'allais espionner mon ex ; dans cette version, Maxine m'avait appelé pour dire qu'elle s'était fritée avec Habib)...

La qualité de son écoute m'a surpris. Elle ne m'a pas interrompu et ce n'est qu'à la toute fin, au moment de remplir son chèque, qu'elle a commenté :

— Bien sûr que ce chien est magique. Tous les animaux le sont. À part ceux vraiment affreux du genre crocodile. Et encore, je suis certaine que les crocodiles qui ne nous mangent pas nous font du bien, d'une manière ou d'une autre. Greta dit toujours que son chien lui a sauvé la vie. Elle m'a conseillé de prendre un chat quand ton père m'a quittée. J'aurais dû l'écouter, j'aurais certainement moins flippé. J'y pense quelquefois mais, franchement, la litière, je ne peux pas. Tu me vois racler les fonds de litière ? Brrr...

Je lui ai répondu que, bien sûr, les animaux avaient sur nous une influence positive, mais qu'avec celui-là, on ne parlait pas tout à fait de la même chose. Depuis qu'il était entré dans ma vie, c'était comme si...

— On parle bien de la même chose, m'a-t-elle coupé. C'est un miracle. Un vrai miracle. Les animaux, c'est un des moyens dont Dieu dispose pour nous prouver son existence. Il a mis ce chien sur ton chemin parce qu'il a décidé de prendre soin de toi. Ça compense pour toute la merde qu'il t'a envoyée ces dernières années. Tu as intérêt à en profiter.

10

Les belles choses

Un tilleul dans la ville

Le chant d'un merle, son écho dans la ville

La lumière s'échappant d'une chambre sous les toits

L'odeur d'un feu de bois dans l'air frais

L'odeur du pain grillé

Sept heures du soir

Les cartes postales

Passer près d'une cour d'école
à l'heure de la récré

Un bonheur parfait de James Salter

Les talons hauts

Marlon Brando

Jean Rochefort

Les films de Michel Audiard
avec Annie Girardot

Observer les singes

Les grandes villes espagnoles

La Correspondance de Flaubert

Les mains des bébés

Faire rire un bébé

FIP

Les mouchoirs à l'eucalyptus

Les musiques de François de Roubaix

Lire, dans la journée

Big Sur

La renaissance d'une amitié

La mousse au chocolat Marie Morin

Les journées fraîches de septembre

Le jingle horaire de RTL

La déclaration d'amour de mon père à René
sur Facebook, quand il a annoncé leur mariage

Le bruit des pas dans la neige

Le bruit de la tondeuse, par la fenêtre, à l'école

Le bruit de la lame de rasoir sur la nuque

La sensation de la lame de rasoir sur la nuque

Les premières mesures de *Madame rêve*

Le Journal de Jules Renard

Turin

Le vent dans les arbres

Les peintres hollandais

Les jambes bronzées

Rebecca Manzoni

Un menu sur une ardoise

La ligne du 72 (bus parisien)

Marilyn Monroe chantant « Kiss » dans *Niagara*

Retrouver un euro dans une poche de pantalon

Les grands parcs avant l'orage

L'évidence amoureuse

L'odeur des fleuves

La voix d'Audrey Hepburn

La galerie Véro-Dodat

New York à Noël

Observer un électricien, un peintre,
un cordonnier travailler

Madame Jouve dans *La Femme d'à-côté*

Le parfum de la fleur du forsythia

La place des fleurs à Lisbonne

Le jardin de la fondation Gulbenkian à Lisbonne

Les chaussures italiennes de Henning Mankell

La salade César

Le son de la mandoline

Les grands hôtels

L'accent de Romy Schneider

Tout de Romy Schneider

Ma mère, dans une robe en mousseline
turquoise, à une fête de famille, en 1983

La réapparition des jupes

Lois disant « Mon petit Courgette »

Une sieste imprévue

Une Année à la campagne de Sue Hubbell

Les grandes librairies silencieuses

Le crépitement des vinyles

Conduire la nuit

Finir l'écriture d'un livre

Juin

L'histoire d'amour de Maria Casarès et Albert Camus

Paris en août

Le requiem de Fauré

Le dernier album de David Bowie

Billie Holiday

11

— Allô, Mme Benkacem ?

— Mme Halberstadt ?

— Qui est à l'appareil ?

— Baptiste, Mme Halberstadt. Votre voisin.

— Comment c'est possible, ça ?

— Vous avez dû appuyer sur mon nom à la place d'un autre.

— Je croyais appeler Mme Benkacem.

— Ce n'est pas grave. Vous allez bien ? Votre opération s'est bien passée ?

— Bah, écoutez, oui. C'est une machine qui m'a opérée, vous le croyez, vous ? Le souci, c'est qu'ils m'ont mis dans une chambre avec un monsieur qui n'arrête pas de me parler, c'est d'un pénible ! J'ai demandé au chirurgien de me faire sortir plus tôt mais je savais qu'il dirait non.

— Vous rentrez toujours samedi ?

— Exactement.

— Vous savez vers quelle heure ?

— Je sors à 10 h, je serai chez moi une heure plus tard... Croquette ne fait pas trop de problèmes ?

— Non.

— C'est un bon chien.

— Très. Je vais l'emmener au parc pour chiens, vendredi matin. À l'île Marrante.

— Ah, c'est bien. Je n'y vais jamais, il faudrait que je prenne deux bus, mais il paraît que c'est très bien, l'île Marrante.

— Mme Halberstadt, je voulais vous poser une question. Ça va peut-être vous paraître bizarre, mais j'ai l'impression que Croquette a une influence positive, *très* positive, sur tout ce qui m'arrive en ce moment. Ça vous parle ou vous vous dites que je suis complètement fou ?

— ...

— Mme Halberstadt ?

— *Vous voyez bien que je suis au téléphone, monsieur, alors pourquoi vous me parlez ?*

— Mme Halb... ?

— *J'ai bien compris. Dans ce cas, appelez l'infirmière et demandez-lui. Mais ça m'étonnerait qu'elle accepte. C'est pas un hôtel ici, on mange à heures fixes...* Baptiste ?

— Je suis là.

— Oui, excusez-moi, le monsieur qui partage ma chambre me parlait, comme si j'étais à sa disposition... Vous disiez ?

— Rien. Rien d'important. Reposez-vous. On se voit samedi.

En raccrochant, j'ai réalisé que trois jours plus tard, à la même heure, je n'aurais plus Croquette.

J'ai rempli sa gamelle, son bol, je me suis fait du café, j'ai éteint mon téléphone et me suis mis au travail.

Élise cogne. C'était le titre de ma nouvelle pour Fanny Ardant. Il fallait reprendre les pages existantes, rallonger les dialogues, combler deux ou trois trous et, surtout, écrire la fin.

Une pause, vers 20 h 30, pour avaler une soupe en observant par la fenêtre un homme faire des mots croisés dans un immeuble voisin. Une autre, un peu après minuit, pour sortir le chien. Dans l'escalier, j'ai croisé le couple très bruyant du troisième. Ils m'ont lancé un « Bonsoir » en chœur pour le moins déconcertant. Pour mémoire, ils avaient conclu notre dernier échange (alors que je les suppliais de se mettre à ma place) par « Non, merci, surtout pas ! »...

Le lendemain, le café n'avait pas fini de couler que j'étais déjà au travail. Le chien s'était couché sous le bureau, sur mes pieds, comme pour m'empêcher de bouger. Je me levais malgré tout, à peu près toutes les heures, pour marcher dans la pièce et m'étirer. Je suis sorti promener Croquette à deux reprises, en emportant à chaque fois une version papier de ma nouvelle pour me relire dehors.

À six heures du soir, *Élise cogne* était écrite. Je l'ai imprimée, glissée dans une enveloppe sur laquelle j'ai inscrit le nom et l'adresse de l'agent de Fanny Ardant. Un peu plus tard, je la déposai dans la boîte aux lettres de la rue des Monts-Clairs. Prochaine levée le lendemain à 10 h 30.

J'ai marché au hasard, accompagné du chien, vidé, affamé mais heureux, jusqu'aux parages de l'avenue Eugénie, où Mme Halberstadt m'avait dit que Croquette appréciait de se promener. C'était une allée plus qu'une avenue, une voie trop étroite pour accueillir les voitures, une promesse de silence et de verdure en plein centre-ville. Exactement ce qu'il me fallait.

C'est vrai qu'elle avait quelque chose. Un charme aristocratique, un peu mélancolique. Croquette avait bon goût. Grilles noires, escaliers de pierre, courettes à l'ombre des marronniers. Ça sentait les secrets de famille, les après-midi d'enfance un peu tristes, les longs déjeuners du dimanche. Quelqu'un, quelque part, répétait ses gammes au piano.

Nous n'y étions pas seuls. Devant nous, à mi-chemin à peu près du passage, un homme grand, très grand, observait une maison, les mains dans le dos, à la manière de quelqu'un revisitant un lieu où il a vécu.

Alors que nous passions derrière lui, je l'ai entendu me dire :

— Vous êtes l'auteur de ce livre, là...

Je me suis retourné.

— Pardon ?

Il me pointait du doigt.

— Vous êtes l'auteur du roman sur l'appartement abandonné pendant la guerre. Le titre m'échappe...

— *Entrée dans l'hiver.*

— C'est ça. Je vous ai reconnu grâce à la photo sur la jaquette.

La surprise me coupait la parole.

— C'est un bon livre, a-t-il continué. Le sujet, le style. Vous cultivez votre différence, vous avez raison. Vous ne cédez pas aux modes, c'est de plus en plus rare à notre époque de marchands.

Il y a forcément des choses à répondre dans ce genre de situation mais je manquais d'entraînement. Le hasard ne m'avait jamais mis en rapport avec un lecteur. J'ai bredouillé un remerciement idiot alors que j'avais surtout envie de prendre cet homme dans mes bras.

Il semblait parfaitement mesurer l'effet que ses paroles avaient sur moi, le cadeau qu'il me faisait. Il écrivait peut-être lui-même. Et il m'a salué en baissant la tête et s'en est allé sans rien dire, comme s'il tenait à me laisser sur cette impression, sur cette note, cette hauteur.

12

Vendredi. Jour de mon rendez-vous avec Lois.

Je me suis levé avant 7 heures, ce qui n'a pas dû m'arriver depuis le bac, avec une furieuse envie de courir. Je suis sorti avec le chien, direction la place du marché. Je l'ai détaché, il s'est assis à un bout de l'esplanade et m'a regardé faire des tours pendant une demi-heure.

En rentrant, boosté par les endorphines et le contexte hyper favorable (Lois, l'inconnu de l'avenue Eugénie, *Entrée dans l'hiver* désormais classé 25 844e), j'ai pris des notes pour un futur roman. On peut écrire sur tout, me disais-je. Un amour déliquescent, un jeune garçon à l'école des sorciers, un appartement abandonné pendant la guerre. Les sujets n'ont pas d'importance. Ce qui compte, ce qui accroche, c'est la vérité. Ce que le livre dit de nous. Le commentaire qu'il fait de l'humanité.

Alors que je m'apprêtais à entrer dans la douche, on a frappé à la porte. Il n'était pas neuf heures. C'était ma mère. Habillée, coiffée, maquillée, comme une *first lady* dans les années 80. Chemisier blanc, col lavallière, veste de tailleur lavande avec scarabée en argent épinglé au revers. Elle a toujours été élégante, elle dit qu'on ne peut jamais savoir quand on aura besoin de faire une bonne impression.

— Je pensais que tu dormirais.

— Non, je bosse.

Elle a agité un sachet de viennoiseries devant mes yeux.

— Tu petit-déjeunes quand même ?

— Non, j'ai déjà pris ce qu'il faut... Tu es venue pour ça ?

— Non, je suis venue pour promener ton chien. On s'est dit que ça me ferait du bien, l'autre soir, tu te souviens ?

— Ah, oui.

Je l'ai fait entrer.

— Tu aurais pu m'appeler avant.

— C'est un peu imprévu, je sais. J'étais particulièrement déprimée en me réveillant...

Elle a fait la grimace.

— Dis donc, ça pue chez toi, ça sent le chou.

Je n'ai pas réagi. Je suis allé chercher le harnais du chien, que je lui ai enfilé.

— On est déjà sortis un long moment, il ne doit plus avoir envie.

Il n'en avait *aucune* envie. À peine avait-il compris ce qui se tramait qu'il s'est assis pour signifier son désaccord. Un *sit-in*, comme à Berkeley dans les années 60.

Je me suis baissé pour l'attraper et l'ai moi-même déposé dans les bras de ma mère, qui s'est affaissée d'un coup, comme un vélo d'enfant obèse.

— Qu'est-ce que tu lui donnes à manger ? Du ciment ?

J'ai trouvé ça drôle.

— Ne t'éternise pas, on a prévu d'aller à l'île Marrante.

— Ne t'inquiète pas.

Le poids du chien l'empêchait d'en dire plus.

J'ai observé ce couple improbable sortir de chez moi et me suis remis au travail aussitôt, avec moins de facilité que précédemment. Quand j'y suis parvenu, quand les idées me venaient en si grand nombre que je devais les noter abrégées, mon niveau de concentration était tel qu'il m'a fallu du temps pour entendre qu'on frappait à la porte. En allant ouvrir à ma mère, j'ai réalisé qu'une vingtaine de minutes s'étaient écoulées depuis son départ.

— Ça s'est bien passé ?

— Ah, oui. On serait bien restés mais il s'est mis à pleuvoir.

— Il pleut ?

— Il bruine.

Elle a regardé le chien filer se réchauffer à l'intérieur du studio puis m'a fixé d'un air malicieux.

— Dis donc, tu pourras remercier le docteur Rouillaud.

— C'est qui ?

— Mon podologue. Il a laissé un commentaire positif sur ton livre sur Internet.

— Sur Amazon ?

Elle a fait oui de la tête.

— Je l'ai vu la semaine dernière. On en est venus à parler de toi, je ne sais plus comment. Je lui ai dit que j'avais écrit une critique de ton roman que tu ne trouvais pas assez élogieuse et que je ne pouvais pas la modifier parce que je ne connaissais pas mon mot de passe. Il a le cœur sur la main, cet homme-là. Il m'a promis qu'il laisserait un avis positif et il l'a fait, j'ai vérifié hier.

— C'est quoi, son prénom ?

— Yves. Pourquoi ?

C'était donc lui, « Yves R. », qui avait attribué quatre étoiles à *Entrée dans l'hiver*. Le podologue de ma mère. Moi qui m'étais imaginé un vrai lecteur, lettré, exigeant. Un gentleman-farmer qui passait ses journées à lire et faire l'amour à des femmes cultivées. Ma déception était immense.

— Mais... il a aimé ?

— Ton livre ? Il l'a commandé mais il ne l'a pas lu, penses-tu ! Il n'a pas le temps, cet homme-là.

— Comment il a fait pour écrire son commentaire ?
— Je lui ai fait un résumé. Ça va vite, tu sais. Tu veux son numéro pour le remercier ?
— Ça ira.
Elle a continué à me parler pendant deux minutes – je serais parfaitement incapable de dire de quoi. Elle a senti que je ne l'écoutais pas et est rentrée chez elle. De retour à mon bureau, j'ai passé un moment à faire le vide (c'est-à-dire à évacuer le souvenir de cette visite absurde) et me suis préparé.

*

L'île Marrante n'est ni une île ni marrante. C'est le nom incompréhensible qui a été donné à un parc situé entre Colombes et Argenteuil, le long d'une des autoroutes les plus fréquentées d'Europe. Une bande de terre boueuse, pas entretenue, traversée de ponts hideux et encombrée de parkings. Béton, ferraille, ronces, graffitis et détritus. En y arrivant, je me suis rappelé pourquoi je n'y mettais jamais les pieds. Dans mon esprit, on n'y allait que pour faire du skate, acheter du crack ou enterrer un corps.

Ce jour-là, pourtant, je m'y rendais pimpant et le cœur léger. J'avais mis le paquet. Petits exercices de yoga suivis d'une séance de muscu (abdos et pompes). Col roulé neuf, bottines cirées, blouson ciré. Terre d'Hermès. J'avais même mis de l'anticernes trouvé dans un tiroir de la salle de bains (un échantillon récupéré par Maxine en son temps).

J'arrivai confiant et détendu, contrairement à Croquette qui semblait s'y traîner, alors que depuis trois jours je lui serinais qu'il allait revoir Lois, rencontrer son dachshund et se faire plein d'autres copains. Je l'entendais me répondre: « Qu'est-ce qui te fait croire que j'ai envie de me faire plein de copains ? Que mon plus grand plaisir n'est pas de rester pioncer sur la chaise de bureau dans ton studio qui sent le chou ? »

La désignation officielle du parc pour chiens était *site canin*, ce que j'ai trouvé un rien présomptueux compte tenu du fait qu'il s'agissait d'un petit carré de pelouse râpée, délimité par un grillage rouillé, avec une flaque d'eau au milieu.

On y dénombrait deux chiens, en plus de Croquette. Un croisé bichon-caniche, près de l'entrée, tremblait de tous ses membres en observant un croisé pitbull-bulldog qui tournicotait nerveusement à l'intérieur de l'enclos, la truffe plaquée au sol.

Pas de Lois.

Pas de chien saucisse.

Et il était 11 h 18.

J'ai jeté la balle bleue devant nous, mollement, comme si je voulais m'en débarrasser. Croquette l'a suivie des yeux avant de tourner la tête, l'air de dire: « Il pense vraiment que je vais courir dans la boue et prendre le risque de me faire niaquer par l'autre molosse aux pattes arquées ? »...

— Vous êtes Baptiste ?

Une petite nana sortie de nulle part me tendait sa main minuscule. Cheveux courts, lunettes, jean moulant. J'ai compris avec un temps de retard qu'elle était la maîtresse du bichon-caniche chevrotant, qu'elle tenait en laisse.

— Je vous ai reconnu grâce à Courgette.

— Courgette ?

— Votre chien. Lois me l'a décrit. Elle s'excuse, elle ne peut pas venir. Elle a dû rentrer à Nouméa en urgence.

— Nouméa... Nouméa ?

— Oui, elle est de là-bas. Enfin, d'une autre ville, pas très loin. Vous ne le saviez pas ?

— Non.

— Son frère a eu un accident de plongée. Elle a pris l'avion hier. Et comme elle savait que vous viendriez et qu'elle n'avait pas de moyen de vous joindre, elle m'a demandé de vous passer le message.

Être prévenu, comme ça. La vie est bien organisée. Douloureuse, mais bien organisée.

— Elle revient quand ?

— Où ça ?

— En France, à Colombes.

— C'est pas au programme. Rien ne la retenait ici. Elle parlait souvent de retourner sur son île.

Je l'ai quittée du regard comme pour échapper à ce qu'elle me racontait. Mes yeux se sont posés sur le pitt-bull à l'instant précis où, dans une position sans équivoque, il s'apprêtait à couler un bronze.

— Au fait, je m'appelle Agnès. Je suis sa coloc. Enfin, j'étais.

— Ah, d'accord... Merci. Merci de m'avoir prévenu.

— Vous êtes déçu ?

Mon monde s'écroulait comme New York ou Los Angeles dans les films de Roland Emmerich.

— Non.

— Les gens à qui je l'annonce ont tous l'air déçus.

Tu m'étonnes. J'avais envie qu'elle me parle de Lois, qu'elle me dise d'où elle la connaissait, depuis combien de temps, qu'elle me raconte ses habitudes, ses secrets, ses rêves, qu'elle m'aide à prolonger son souvenir avant qu'il ne s'efface, qu'elle comprenne la chance qu'elle avait eue d'avoir été sa coloc, d'avoir passé un peu de temps avec elle dans cette vie, mais j'ai été distrait par une odeur épouvantable. J'ignore ce que le pitt-bull avait mangé mais, de toute évidence, c'était périmé.

L'amie de Lois a remonté le col de son manteau et y a enfoui le nez. Même Croquette a été perturbé. Lui qui somnolait assis sur ses pattes arrière s'est redressé d'un coup, en alerte.

Je me suis décidé à partir quand j'ai entendu :

— Vous voulez prendre un verre, un café ?

Elle me faisait du gringue ? J'avais autant envie de passer un moment avec elle que d'assister à un concert de Matt Pokora.

— C'est gentil mais je crois que je vais rentrer.

— Je ne voudrais pas que tu penses que je propose ça à tout le monde.

Elle était passée au tutoiement, l'air de rien... Au moins elle savait ce qu'elle voulait.

J'ai hésité, un court instant. Après tout, c'était l'hiver, il faisait moche, Lois était retournée à Nouméa, Yves R. était le podologue de ma mère, il n'avait même pas lu mon livre, et un pitt-bull venait de se délester de cinq kilos d'excréments sous mon nez. Se donner du plaisir dans un lit était certainement la meilleure manière d'occuper le reste de cette journée, même avec quelqu'un qui ne m'attirait pas particulièrement. Mais il aurait fallu faire des efforts. Bouger, parler, sourire. Je n'en avais pas le courage. J'étais cassé à l'intérieur. Je pleurais à l'intérieur. Je réalisais qu'il fallait que je réintègre un monde sans Lois. Le monde d'avant Bricorama.

— Une autre fois, peut-être, balbutiai-je, en forçant un sourire.

Par souci de cohérence, je lui ai filé mon numéro de téléphone, et je suis allé récupérer la balle bleue.

13

— Comment ça va, mon petit Baptiste ?

Mme Halberstadt portait des lunettes sombres et carrées qui lui donnaient des faux airs de Blues Brothers.

Elle m'a expliqué qu'elles ne faisaient pas de différence, qu'avec ou sans elles, elle verrait flou pendant vingt-quatre heures, que c'était surtout une question d'esthétique. Elle a employé cette expression : une question d'esthétique.

Puis elle a récupéré son chien en me parlant de son voisin de chambre qui restera sans aucun doute l'événement le plus marquant de son séjour à l'hôpital.

— On dit que ce sont les bonnes femmes qui passent leur temps à jacasser, c'est bien la preuve que non. Vous vous rendez compte que moi qui n'ai rien demandé, je sais un tas de choses sur lui, des choses complètement inutiles pour moi. Je vais vous dire, je comprends qu'il y a des femmes qui zigouillent leur bonhomme.

Je n'ai pas commenté. Moi qui, la veille, m'imaginais l'inviter à prendre un café et m'entretenir avec elle des pouvoirs de son chien, je n'ai rien trouvé d'autre à lui dire que : « Oui, tout s'est bien passé. » *What a difference a day makes…* Elle a dû me trouver étrangement conforme à l'idée qu'elle avait de moi, à l'impression morne et dépressive que je lui avais faite le lundi précédent alors que, depuis, j'avais fait l'expérience de grands bonheurs.

Il n'était pas magique, son chien. D'ailleurs, rien ne

l'était. Un concours de circonstances biologiques nous jetait dans cette vie, au hasard. Aussitôt, on prenait des coups. Le but était de tenir le plus longtemps possible. Des accidents heureux venaient brièvement éclairer le chemin, leur souvenir nous aidait mais vouloir les dupliquer était voué à l'échec. On ployait, immanquablement, avant de tomber et de disparaître. Alors, ceux qui restaient se réjouissaient car cela établissait leur supériorité.

Je n'étais pas un écrivain. Je m'étais trompé. J'avais pris mon amour des livres pour un talent, confondu lecture et écriture, passe-temps et prédisposition. Je m'étais entêté, ignorant les signaux, l'absence persistante de succès, les sourires empruntés de mes amis à chaque sortie de livre. Je jouais un rôle. Je prenais la pose. Je m'observais. Je prétendais écrire des romans inspirés par Descartes, me passionner pour des sujets graves et sérieux, mais j'étais plus excité qu'un môme à un concert de Justin Bieber à l'idée d'un carlin qui faisait des miracles. Six ans d'études de lettres et de philosophie, de lecture de Leibniz et de Kierkegaard, de Deleuze et de Foucault, six ans à manier des termes comme « phonème », « propédeutique » ou « idiosyncrasie », pour que ma vie devienne *La Boum* en un claquement de doigts, que je me laisse émouvoir par la beauté d'un arbre, que je fasse des listes de belles choses comme un ado dans son premier journal intime.

J'aurais pu intenter un procès à mon enfance, porter plainte contre les années 80. Pour m'avoir induit en erreur, m'avoir fait croire que tout ne basculerait pas, qu'on se méfierait de la technologie, qu'on lirait toujours Aragon, Bukowski, Carson McCullers, que quelqu'un comme Richard Russo serait un peu connu, que l'humanité ne deviendrait pas complètement débile, obsédée par l'argent, le foot, les marques, que nos pires cauchemars resteraient de l'ordre du phantasme. J'aurais dû, je suis sûr que j'aurais touché des dommages et intérêts.

14

— Les gens ont le nez collé sur leur téléphone, qu'est-ce que tu veux. Et les rares qui lisent encore achètent tous le même livre...

Mon éditrice.

Notre déjeuner était prévu de longue date, j'avais pensé l'annuler mais c'était l'occasion de faire le point sur *Entrée dans l'hiver* et d'avoir l'explication de son sursaut dans les ventes d'Amazon – sursaut tout temporaire puisque le roman était redescendu à la 71 749e place. J'avais toujours apprécié sa franchise, je savais qu'elle me dirait la vérité et, sur ce point, je n'ai pas été déçu.

— Il y avait un article là-dessus dans *L'Obs*, y a pas longtemps. Les gens qui lisent encore se répartissent en trois catégories. Les vieux, parce qu'ils ont des insomnies. Les femmes pas ou peu diplômées, qui lisent dans les transports en commun. Et les lecteurs occasionnels, qui achètent un ou deux livres par an, au moment des vacances. Les autres ne lisent pas. Ils ont de plus en plus de mal à déchiffrer, à écrire autrement qu'en phonétique et à se concentrer plus de sept secondes. Ils sont de plus en plus nombreux et, évidemment, sont perdus pour nous. C'est clair, c'est mort, y aura pas de retour en arrière.

C'était une belle femme. Sa chevelure blond cendré était une réussite, tout comme ses vestes en cuir, le plus souvent d'une couleur inhabituelle – cassis, ce jour-là. Mais les événements récents (la quasi-faillite de sa maison d'édition, le limogeage d'une bonne partie de son personnel) l'avaient marquée physiquement. Elle donnait l'impression de gamberger, de mal dormir, de prendre moins le temps de s'occuper d'elle. Je ne pouvais m'empêcher de me sentir en partie responsable, de penser que les choses auraient tourné autrement si mon livre s'était mieux vendu et, pendant tout le déjeuner, j'ai été mal à l'aise.

— Les histoires de résilience, voilà ce qui marche aujourd'hui. Les histoires de seconde chance. *Et vous, qu'est-ce que vous changeriez si vous pouviez revenir en arrière ?* Il faut impliquer la lectrice, qu'elle retrouve foi en elle-même et en l'humanité, qu'elle se sente mieux. Le roman qu'elle lit doit lui faire l'effet d'un spa, d'une visite chez le coiffeur. Avec ton livre, on a fait tout le contraire. Je l'aime beaucoup, à titre personnel, tu le sais, mais si c'était à refaire, je ne suis pas sûre que je le publierais. Cette histoire d'appartement abandonné, de famille déportée, c'est trop noir pour l'époque. Rien que le titre donne envie de se jeter par la fenêtre. *L'Entrée dans l'hiver*...

Ce n'était pas *L'Entrée dans l'hiver* mais *Entrée dans l'hiver*, sans article. Mon éditrice ne connaissait même pas le titre de mon roman. Elle qui, au passage, quand nous avions signé le contrat, m'avait expliqué que le livre allait cartonner, les gens adorant tout ce qui touche à la guerre – « On le tient, notre *Elle s'appelait Sarah* ! »...

— Un *feel good*, voilà ce que tu devrais écrire. Une vieille Alzheimer rencontre un jeune autiste dans une maison de repos. Au début, ils ne peuvent pas se blairer. Petit à petit, ils deviennent copains et, à la fin, quand la vieille meurt, le jeune autiste qui va beaucoup mieux fait son éloge funèbre. Tu le ponds en un mois, tu prends un pseudo, on lui donne un titre à la con, du genre *Il ne faut jamais perdre espoir* – plus c'est gros, plus ça passe – on le sort pour l'été et on en vend 50 000. Ça fera du bien à tout le monde.

— Je n'ai pas du tout envie de raconter cette histoire.

— Je pourrais te citer au moins cinq écrivains établis, reconnus, qui le font. Des types qui se sont retrouvés dans les sélections du Goncourt, du Renaudot, et qui écrivent des conneries pour les nénettes de 25 ans. Ces types-là vivent un cauchemar. Ils étaient des princes il n'y a pas si longtemps et aujourd'hui, ils n'ont même plus de Sécu. D'ailleurs, je voulais te demander, tu as quelque chose à côté ? Un autre... ?

— Travail ? Non.

— Comment tu fais ?

— J'ai des économies.

C'était complètement faux, je n'avais pas le moindre euro de côté. Je ne payais pas de loyer (le studio de Colombes appartenait à ma mère) et je touchais le RSA. Il m'arrivait de donner des cours particuliers de français et d'anglais mais de manière irrégulière. Mon compte en banque basculait dans le rouge autour du 10 de chaque mois.

Elle m'a fait comprendre que j'avais de la chance et a continué :

— Les règles ont complètement changé. Aujourd'hui, une nana qui ne sait pas qui est Colette, qui est Gide, qui est Genet, peut écrire un livre dans sa cuisine, le publier sur Internet et en vendre 100 000. Avant, on respectait la grande intelligence. Même ceux qui ne lisaient pas Hugo ou Balzac les admiraient. Aujourd'hui, on ne se donne même plus cette peine. On n'a pas d'autre aspiration que de prendre des selfies en faisant des *duck faces* et on le revendique. L'époque valide l'ignorance, légitime la stupidité. Le monde n'a jamais autant ressemblé à un tableau de Jérôme Bosch.

Elle nous a resservi du vin et s'est jetée sur son verre.

J'ai rassemblé tout le courage que j'ai pu trouver en moi.

— Tu sais combien on en a vendu exactement ?

— De ?

— *Entrée dans l'hiver.*

— La dernière fois que j'ai regardé, on en était à 380.

J'ai posé mes couverts sur la table, je savais que je ne pourrais plus rien avaler.

— C'est horrible.

— Pas terrible, en effet.

— Je ne sais pas si tu es au courant mais j'ai été invité par une médiathèque en province.

Aucune réaction. En revanche, un tic nerveux était apparu sur son visage. Évoquer l'échec commercial de mon livre avait déclenché le tressaillement d'un nerf à la commissure de ses lèvres. J'en ai remis une couche :

— Et le livre a été bien classé sur Amazon pendant deux jours.

Son œil s'est allumé.

— Ah, c'est vrai ? Tu es monté jusqu'où ? *Make my day* !

— Dans les 25 000.

— Je pensais que tu allais m'annoncer qu'il était quarante-troisième.

— C'est pas génial, je sais. Mais, avant ça, on était dans les 475 000. Ça veut bien dire que les gens l'ont acheté, non ?

— Quand on part d'aussi bas, un seul achat fait gagner beaucoup de places d'un coup.

« Yves R. » Le podologue de ma mère. Il avait commandé *Entrée dans l'hiver.* À lui seul, son achat pouvait expliquer le bond du livre dans le classement. Un achat artificiel, qui n'avait d'autre motivation que de faire plaisir à ma mère.

— De toute façon, Amazon n'indique rien, Baptiste. Enfin, si : ce qu'il ne faut pas faire, ce qu'il ne faut pas que la littérature devienne. Les livres vendus comme des porte-savons, ça ne te rend pas malade ?

Si. Je savais mon obsession pour ce site parfaitement morbide, je ne doutais pas qu'elle était le signe d'un profond désespoir, mais j'ai préféré changer de sujet :

— Et mon invitation à la médiathèque ?

Elle a haussé les épaules. Le sujet ne l'inspirait décidément pas. Elle a adressé un signe de la main au serveur puis m'a regardé, le doigt toujours en l'air. Une idée lui était venue.

— Les petits vieux ! Il faut des personnages de petits vieux dans les romans. Des petits vieux bougons. Les lectrices adorent ça !

Elle avait la tête de quelqu'un qui vient de se prendre une baffe.

*

Ce n'est rien de dire que je suis sorti de là complètement déprimé. En remontant la rue de Rennes, j'ai senti du froid sur une joue et j'ai réalisé que je pleurais. Marcher jusqu'à la Seine pour m'y jeter était clairement une possibilité. J'avais juste une chose à faire avant.

Élise cogne, la nouvelle que j'avais écrite pour Fanny Ardant, m'avait été retournée. Je l'avais trouvée dans ma boîte aux lettres en partant pour le restaurant. Affranchissement insuffisant. J'étais remonté chez moi rapidement pour refaire une enveloppe, que j'avais emportée au restaurant. Je devais encore passer à la poste pour l'affranchir (correctement) et l'envoyer.

J'ai fait tout ça rue Littré puis j'ai marché du côté de Montparnasse. Je me suis glissé dans une petite salle de cinéma, où le film venait de commencer. Un drame portugais dont j'ai oublié le titre. L'histoire d'un gardien de nuit qui vivait seul dans une tour de banlieue sans jamais parler à personne. Était-il muet ou seulement asocial ? Je serais incapable de le dire puisque j'ai passé la première demi-heure à ressasser ce que mon éditrice avait dit et la suite à dormir.

En sortant de la salle, j'ai découvert un message envoyé par ma banque et intitulé « Votre compte ». J'en avais l'habitude. Ces mails m'étaient envoyés automatiquement chaque fois mon compte était à découvert. On était le 11 du mois – qu'est-ce que je disais ?

15

Ce soir-là, je suis retourné à L'Isle-Adam.

Jamais je n'ai eu autant conscience du caractère névrotique de cette habitude qui était directement liée à mon degré de désenchantement. En chemin, je me suis rappelé qu'à ma dernière visite, je n'étais pas seul. Le chien de Mme Halberstadt m'accompagnait. Cette pensée a achevé de me déprimer et je me suis arrêté dans une station-service pour acheter de la bière.

C'était soir de réception à la villa Habib, qui brillait de tous ses feux. On avait même éclairé la façade et les troènes dans le jardin. Maxine était facile à repérer, elle faisait l'objet de toutes les attentions dans le salon. Elle n'avait plus l'air contrarié, bien au contraire, elle rayonnait, même à distance, dans une robe courte blanc ivoire.

J'ignore ce qui se fêtait... Mon échec, peut-être ? J'étais là, dans mon Opel Corsa de tocard, sous la pluie, à boire de la bière tiède en espionnant des gens heureux. Moi, l'auteur d'un livre prétentieux qui s'était vendu à 380 exemplaires.

380. Plus je m'habituais à ce chiffre, plus il me semblait irréel... On avait écoulé 1 150 exemplaires de mon premier roman, en 2010. Mon éditrice (la même qu'aujourd'hui, en moins amère) me l'avait annoncé avec douceur dans un email. « Ce n'est pas si mal pour un premier roman, je t'assure. » Mais, même avec des pincettes, ce chiffre m'avait mortifié. Il faut dire que je pensais être le nouveau Philippe

Claudel, que je m'étais vu passer chez Busnel, traduit très vite en anglais, en allemand, cartonner en édition de poche. J'avais basculé dans une dépression sournoise dont m'avait tiré ma rencontre avec Maxine (quand j'y pense). Et, amoureux, j'avais entrepris d'écrire mon second roman dans l'espoir et la confiance, comme si c'était le premier, comme si je n'avais jamais été triste...

Une musique dont je percevais surtout les basses m'est parvenue de la villa. Quelques invités ont commencé à se trémousser dans le salon. Les autres riaient en renversant la tête en arrière, la main posée sur le bras de leur voisin. Ils avaient l'air détendus, à l'aise financièrement. Je pense qu'aucun d'eux n'avait fait le choix de l'écriture.

J'ai imaginé ce qu'on serait en train de faire, avec Maxine, si elle ne m'avait pas quitté. Un samedi soir de décembre, sur le coup de dix heures. On serait sans doute à la maison, dans le canapé, sous un plaid, on regarderait un film de Michel Aud...

J'ai jeté les jumelles sur le siège passager et me suis éjecté de la voiture. Il fallait que je lui parle. Elle devait savoir, et Gérard Habib aussi, à quel point elle n'était pas faite pour cette vie. Elle allait souffrir, elle ne le savait pas encore, moi si. Elle allait morfler mais il était encore possible de corriger le tir. Elle n'avait qu'à prendre quelques affaires, je reviendrais chercher le reste.

L'intensité de la pluie m'a surpris et j'ai accéléré le pas. Maxine derrière la vitre était mon point de repère dans la nuit. Je courais pratiquement sans la perdre de vue, il faisait noir, j'étais ivre, ce qui explique que je n'ai pas vu le petit muret de pierres délimitant le jardin que ma jambe droite a heurté de plein fouet. La douleur, fulgurante, m'a jeté à terre. Je me suis retrouvé plié en deux dans l'herbe mouillée, à gémir de douleur en me massant le tibia, incapable de tout autre mouvement.

Je pense que ça a été le point le plus bas de mon existence. Un jour, quelques années plus tôt, j'ai surpris un vendeur de la Fnac Parly 2 retirer un de mes romans des rayonnages en disant « On n'en a pas vendu un seul », et son collègue lui répondre « Il paraît que c'est raté. » Eh bien, même ce moment pourtant très humiliant avait plus de lustre.

J'ai dû passer cinq minutes à chouiner dans le noir, sous la pluie, avant qu'une fille ouvre la baie vitrée du salon et passe la tête à l'extérieur pour recracher la fumée de sa cigarette.

J'ai beuglé : « Hêêê... »

Elle a tendu l'oreille.

J'ai lancé : « Là ! Je suis là ! »

Elle a fait un pas sur la terrasse.

— Y a quelqu'un ?

— Je suis là ! Je suis blessé !

Elle a écrasé sa cigarette en murmurant : « C'est quoi, ce délire ? » et s'est enfin approchée.

Cinq minutes plus tard, dans sa salle de bains tout en marbre de Carrare, Gérard Habib mettait la dernière main au pansement entourant ma cheville.

— Vous vous êtes bien amoché.

Maxine se tenait derrière lui, dans l'encadrement de la porte, les bras croisés sous la poitrine. Radieuse. Ses cheveux écourtés et le mascara autour de ses yeux la vieillissaient tout en la rendant particulièrement attirante. Une parure en argent de style Art déco passait entre ses seins – en forme de pointe, comme pour indiquer le chemin vers le bonheur.

— Il va pouvoir repartir ? a-t-elle demandé à Habib.

— Je pense. Sinon, il dormira ici. C'est pas la place qui manque.

J'avais raconté n'importe quoi. Je venais de vendre les droits d'adaptation cinéma d'*Entrée dans l'hiver* et voulais sans attendre partager la nouvelle avec Maxine, qui savait ce que ça représentait pour moi. Ce livre, écrit alors que nous étions encore ensemble, m'avait tellement demandé... Un mensonge si gros que personne ne jugea bon de le questionner.

— On sait qui va jouer dedans ? avait demandé Habib.

— Pardon ?

— Le film tiré de votre livre, on connaît déjà le casting ?

— Non, il est encore trop tôt.

— S'il y a un rôle de femme, il faut leur dire de prendre Eva Green.

Je m'étais fait une belle entaille qu'il avait soignée sans hésiter, sans poser de questions. C'était la première fois que je le voyais en dehors de son cabinet et je découvrais un homme doux, prévenant, rassurant, qui n'avait rien à voir avec un Maximonstre. Le bandage était à son image, sûr et efficace. Je comprenais que Maxine soit avec lui. Mieux, je comprenais qu'elle ait quitté un homme comme moi pour un homme comme lui. Je lui aurais sans doute conseillé de le faire si j'avais été sa mère ou sa meilleure amie...

— Levez-vous pour voir.

Ça allait. Je tenais debout et l'Advil m'avait ôté toute sensation de douleur.

Habib s'est dressé à son tour et a posé la main sur mon épaule.

— Allez, le cascadeur, vous avez bien mérité une coupette !

J'ai cherché le regard de Maxine. Les droits d'*Entrée dans l'hiver*, la bonne nouvelle à partager, je pense qu'elle n'était pas dupe. Je n'aurais pas réagi comme ça si c'était vraiment arrivé, elle me connaissait trop pour le savoir.

En la voyant, si belle et si sûre d'elle, j'ai compris ce qu'elle avait fait de nos fous rires, de nos souvenirs, de moi. Elle avait mis tout ça dans une boîte à chaussures, comme elle en avait des dizaines, et avait collé une étiquette dessus : « Erreurs de jeunesse ». Un jour prochain, à l'occasion d'un grand ménage ou d'un déménagement, elle s'en séparerait sans réfléchir, sans même l'ouvrir.

Je les ai quittés juste après, sans avoir bu de champagne, en sachant que je ne viendrais plus les espionner. Ce n'était plus nécessaire. L'étant devenu aux yeux de tous, je n'éprouverais plus le besoin de me convaincre que j'étais pathétique.

16

Pressé par l'Union européenne, Amazon s'est enfin décidé à dire la vérité. Depuis ce matin, huit heures GMT, le site a mis en place un système extrêmement perfectionné, basé sur les algorithmes et les avis d'experts les plus autorisés, permettant d'évaluer au plus juste les produits qu'il propose. En livres, sans surprise, Marcel Proust tient la corde, avec plus de 20 000 notations, toutes à 5 étoiles. Cervantes et Dostoïevski arrivent derrière, avec respectivement 4,98 et 4,95 étoiles. Certain que cette nouvelle formule ne peut qu'avantager des livres aussi peu commerciaux que les miens, je clique en toute confiance sur la page d'*Entrée dans l'hiver*. Le roman obtient une note moyenne de 0,001 étoile. Un chiffre si faible qu'il est retiré de la vente, et disparaît de l'écran sous mes yeux. Je hurle, me réveille...

Cauchemar de benzodiazépine.

Les pires.

17

Qu'est-ce qu'elle avait dit ? Ah, oui, il faut que la lectrice retrouve confiance en elle-même et en l'humanité. Mais comment écrire ce qu'on n'éprouve pas ? Il y avait bien longtemps que je n'avais plus confiance en moi ni en l'humanité ni en quoi que ce soit d'autre. Les rares choses qui trouvaient vaguement grâce à mes yeux étaient le Xanax, la Grimbergen blanche et Marlon Brando dans *Le Parrain*... Le sourire de Lois, évidemment. Ses cheveux. La finesse de ses doigts. Mais elle était sortie de mon monde, Lois – je me surprenais de plus en plus à penser que j'avais rêvé notre rencontre à Bricorama.

Des histoires de résilience, tu parles. Le monde entier faisait la démonstration du contraire. De l'effritement, du renoncement. J'étais l'échec fait homme, ma mère vivait dans la nostalgie d'un amour illusoire, Gilles se laissait dominer par Chacha qui, de son côté, était esclave des réseaux sociaux. David Bowie et Philip Roth étaient morts. Le seul être inspirant que je connaissais était mon père mais je ne pense pas que mon éditrice attendait une histoire d'amour entre deux hommes septuagénaires qui s'étaient rencontrés dans un sauna de la porte de Bagnolet.

Au moins, j'avais un titre. Il m'était venu dès que je m'étais mis au travail. *Tomber sept fois, se relever huit.* C'était un bon titre, meilleur que celui proposé par mon éditrice. Il avait une connotation un peu sportive mais, justement, il pourrait permettre d'élargir le lectorat de ce genre de livres, de le viriliser un peu.

Je l'avais écrit en capitales sur la page 1, en minuscules sur la page 3, et j'attendais que l'inspiration vienne, l'œil sur le curseur qui clignotait en haut de la page 5...

On a frappé à la porte.

J'ai sauvegardé mon document vide et suis allé ouvrir.

C'était Mme Halberstadt.

Sans ses lunettes noires et l'air plus reposé qu'à son retour de l'hôpital. Elle avait à la main la laisse de son chien, assis à ses pieds.

— Je ne vous dérange pas, mon petit Baptiste ?

— Non... Tout va bien ?

— Oui. Enfin, non. Écoutez, est-ce que vous pourriez me rendre mon chien ?

— Pardon ?

— Ce chien, ce n'est pas le mien. Vous avez Croquette avec vous ?

Je ne comprenais rien à ce qu'elle me racontait.

— Je vous l'ai rendu hier.

Elle a fait non de la tête.

— J'ai commencé à voir net hier soir. Au moment d'attacher le chien pour le sortir, je l'ai trouvé maigri. Je l'ai regardé de plus près et j'ai vu que ce n'était pas le mien.

— Vous êtes sûre ?

— Écoutez, oui. Je sais que les carlins ont la même tête mais je reconnais quand même le mien. Regardez...

Elle s'est penchée vers le chien.

— Qui c'est, le pépère à sa mémère ? Hein ? Qui c'est, le pépère à sa mémère ?

L'autre regardait ailleurs, l'air de dire : « Ça s'arrange pas, Zizi Jeanmaire... »

Mme Halberstadt s'est redressée.

— Là, voyez, si c'était Croquette, il frétillerait.

Elle a posé sa main sur mon bras.

— Il est décédé, vous n'avez pas eu le courage de me le dire, alors vous l'avez remplacé en pensant que je ne verrais rien, c'est ça ?

— Non, pas du tout. Personne n'est décédé.

— Vous l'avez perdu à l'île Marrante ? Il s'est enfui et vous n'avez pas pu le rattraper ?

— Non, non...

J'ai observé le chien.

— Mais c'est bien son harnais, non ?

— Le harnais, oui, c'est le bon. Mais pas le chien.

J'avais besoin de m'asseoir. Je suis retourné à l'intérieur du studio et me suis laissé tomber sur ma chaise de bureau. Mme Halberstadt a mis quelques secondes à me rejoindre.

— C'est arrivé une fois à une voisine dans mon ancien immeuble. Elle a attaché son chien à l'entrée d'une supérette du côté de la MJC, et quand elle est revenue, il n'y était plus. Quelques mois plus tard, elle a cru le reconnaître à la télévision, dans un reportage sur un festival en Chine où ils font rôtir les chiens à la broche. Depuis, elle en cauchemarde toutes les nuits.

J'ai essayé de rassembler mes pensées.

— Le seul magasin où je suis allé, c'est Bricorama. Quand je suis arrivé là-bas, justement, on m'a mis en garde et j'ai fait les courses avec Croquette.

— Vous pensez que c'est moi qui déraille, c'est ça ? Vous vous dites que c'est bien mon chien mais que j'ai perdu la boule et que je n'arrive pas à le reconnaître...

Non. Je la croyais. Ça me paraissait complètement fou mais la vie peut être complètement folle. Je l'imaginais mal se tromper et puis, à force de le regarder, je constatais bien une différence. Croquette était obèse, le chien que j'avais sous les yeux juste gros.

Je me suis levé de ma chaise.

— Je vais m'en occuper, ne vous inquiétez pas... Vous me le confiez ?

Elle m'a tendu la laisse.

— Oui, je m'en fous de celui-là... Qu'est-ce qui s'est passé à votre avis ?

J'avais peut-être un début d'idée.

— Je ne sais pas mais, ne vous inquiétez pas, je ne pense pas que Croquette soit en train de rôtir en Chine.

Elle m'a observé en clignant des yeux pendant plusieurs secondes. Le caractère ironique de ma remarque lui avait échappé.

18

Gilles m'avait demandé de lui confier Croquette le temps d'une compétition de judo qui se déroulait dimanche. Je lui avais répondu que c'était impossible, Mme Halberstadt revenant de l'hôpital samedi. Mais Gilles savait ce qu'il voulait, c'était quelqu'un de déterminé. Et, en plus, il avait la clef de chez moi. Je lui avais confié un double, quelques années plus tôt, pour permettre à une nièce de Chacha d'occuper mon studio pendant que je passais du temps au Portugal avec Maxine. Double qu'il ne m'avait jamais rendu puisque je n'avais jamais pensé à lui demander...

Il s'était procuré une réplique de Croquette (ce qui ne présentait aucune difficulté, tous les carlins se ressemblant) et, jeudi ou vendredi, il avait attendu en bas de chez moi que je sorte faire les courses pour monter et interchanger les chiens.

Je le savais capable de faire une chose pareille. À l'époque où on était à la fac, une fille lui avait dit qu'elle aimait Mark Knopfler ou je ne sais plus quel guitariste illustre. Gilles s'était mis à apprendre la guitare en quelques semaines, seul, chez lui, pour pouvoir l'impressionner. Il l'avait séduite de cette façon et leur histoire durait encore aujourd'hui. Cette fille, c'était Chacha.

Plus tard, postulant à un stage d'été à *L'Équipe*, il avait rajouté « Sciences Po » sur son CV. Je lui avais expliqué que ce genre de faux tombait sous le coup de la loi, il m'avait répondu : « T'inquiète, ils ne vérifieront jamais. » Ils n'avaient jamais vérifié et Gilles avait passé un été inoubliable à suivre le Tour sur les routes de France avant de partir à Sydney pour les Jeux – pendant que, seul dans ma studette de Nanterre, je potassais *L'Œuvre au noir* de Yourcenar, au programme de l'agreg, que j'avais loupée.

J'ai jeté le faux Croquette dans la voiture et nous ai conduits au centre d'arts martiaux, où l'on m'a appris que Gilles ne venait jamais le lundi et que j'avais des chances de le trouver chez lui. Chez lui, c'est-à-dire de l'autre côté de la Seine où, le long d'une coulée verte, il avait un pavillon qui cadrait parfaitement avec le reste de son existence, à la fois confortable et *fun*. Garage à trois places, panier de basket au-dessus de la porte d'entrée, cuisine aussi grande que mon studio, sous-sol aménagé en espace de jeux pour les enfants.

C'est d'ailleurs Flavien, le petit dernier, qui est venu m'ouvrir. Ça ne pouvait pas mieux tomber.

— Comment ça s'est passé hier ?

— Hein ?

— Le judo.

— Ah, non, j'étais malade. Ma mère pensait que j'avais les oreillons alors on n'y a pas été.

— Le toutou n'a servi à rien alors ?

Je faisais preuve d'assez peu de finesse, je le reconnais, mais c'était volontaire : je cuisinais un enfant de dix ans.

— Quel toutou ?

— Celui qui était censé te porter chance.

Entre le chien dont je lui parlais et celui qu'il voyait dans ma voiture, il a eu l'air perdu un instant, avant que la voix de sa mère se fasse entendre de l'intérieur :

— Qui c'est ?

— Tonton Baptiste !

(Les enfants de Gilles m'ont toujours appelé comme ça, je n'ai jamais compris pourquoi.)

Deux secondes plus tard, j'entrais dans la cuisine, où Flavien reprit sa place à table. Le soleil hivernal y projetait une lumière rasante à la fois forte et douce. Il flottait une odeur de soupe de poireaux-pommes de terre bouleversante qui me renvoya instantanément trente-cinq ans en arrière, dans le pavillon de ma grand-mère. Les enfants étaient beaux, Gilles avait l'air heureux. C'était ça, le plus important. C'était ça, je ne l'avais pas et ne l'aurais jamais. Il était trop tard, je n'aurais plus le temps. Il aurait fallu une détermination qui m'était étrangère.

— Comment ça va ? lança Gilles.

— Qu'est-ce que tu fais là ? demanda Chacha.

Je décidai de ne pas évoquer Croquette, que Gilles, de toute évidence, n'avait pas enlevé.

— Rien. J'avais envie de vous voir, tous les quatre. Mes amis. C'est très beau ce que vous êtes, ce que vous avez, vous savez.

Ils ont échangé un regard et Gilles, d'un coup de menton, a indiqué une chaise inoccupée au bout de la table.

— Tu veux un peu de soupe ?

— Non, je te remercie.

— Je t'avais bien dit qu'il est complètement dépressif, commenta Chacha, comme si je n'étais pas là.

— Je ne suis pas dépressif.

— Bipolaire ! lança-t-elle, comme dans un jeu télévisé.

— Non, je suis un peu déprimé à cause de l'échec de mon livre mais ça va, je...

— On dirait que tu vas pleurer, dit Gilles.

— *Don't cry in front of the children*, glissa Chacha, avec un fort accent français.

— J'ai tout compris ! plaça Margaux, leur fille de douze ans.

— Vas-y, t'as compris quoi ? répondit sa mère, comme si elle avait l'âge de sa fille.

— *Children*, ça veut dire *enfants* ! T'as dit un truc avec *enfants* ! T'as parlé de nous !

Flavien est intervenu :

— Tonton Baptiste a dit quelque chose sur le judo et un petit chien qui porte bonheur.

C'était une manie, dans cette famille, de parler des gens comme s'ils n'étaient pas là.

— Le chien que tu m'as montré l'autre jour ? m'a demandé Gilles.

— Oui, le carlin de ma voisine.

— Qu'est-ce que c'est que ces conneries ? a dit Chacha.

— C'est quoi, un carlin ? a demandé Margaux.

— Des petits chiens très agressifs, a répondu sa mère.

Je me suis empressé de corriger :

— Ah, non, pas du tout.

— Il en a un dans sa voiture, a cafté Flavien.

Sa sœur a aussitôt quitté la table.

— Je veux le voir !

Son frère l'a suivie, Chacha a tenté de les retenir :

— Margaux, Flavien, vous restez là !

J'ai regardé les enfants quitter la pièce en courant et me suis tourné vers Gilles.

— Je suis vraiment désolé.

— C'est pas grave, a-t-il répondu en renouvelant son invitation à m'asseoir.

J'ai pris place sur la chaise qu'occupait Flavien en sentant sur moi le regard réprobateur de Chacha. Quelques explications me semblaient nécessaires.

— Ma voisine m'a demandé de garder son chien pendant

quelques jours, le temps qu'elle se fasse opérer des yeux. Tout s'est bien passé, elle est rentrée hier, je lui ai rendu son chien. Sauf qu'elle est revenue me voir ce matin. Le carlin que je lui ai rendu n'est pas le bon. Et comme Gilles m'avait dit qu'il voulait l'emmener à la compétition de judo, j'ai pensé qu'il s'était débrouillé pour les intervertir.

— J'ai rien compris, a dit Chacha, à l'intention de Gilles. Tu voulais emmener qui à la compet' de judo ?

— Son chien. Mais j'ai pas vraiment *voulu* l'emmener. Comme Baptiste pensait qu'il portait chance, j'ai dit que ce serait marrant de l'emmener pour vérifier, c'est tout.

— Vous êtes sérieux, là ? répondit Chacha, avant de se laisser distraire par les enfants, de retour.

Margaux avait dans les bras le faux Croquette, qui semblait plutôt bien le prendre.

— Je le veux, je le veux !

— C'est hors de question !

— Allez, il est trop sympa !

— Il fait des bruits rigolos !

— Margaux, tu rends son chien à Baptiste !

Les enfants sont ressortis aussitôt, avec le carlin.

— Ce n'est pas mon chien, ai-je glissé.

— C'est pas le chien qui porte bonheur ?

— Non...

Gilles s'est adressé à Chacha :

— Il vient de t'expliquer qu'il avait pas rendu le bon chien à sa voisine, t'es conne ou tu le fais exprès ?

— Attends, t'es gentil, tu me parles pas comme ça !

— Tu fais semblant de pas capter un truc tout simple ! Tout ça parce que c'est Baptiste !

— Non, mais n'importe quoi ! Genre « lui, je capte », « lui, je capte pas » ! Ça va pas dans ta tête !

La situation dégénérait rapidement. J'en étais responsable et me suis vu m'éclipser discrètement quand la tablette de Chacha a émis un bruit de goutte assez fort. Elle s'est jetée dessus comme si sa vie en dépendait et, d'un coup, son visage s'est illuminé.

— Putain, Cristina Cordula m'a retweetée !

Elle n'aurait pas rayonné davantage si elle avait appris qu'elle avait reçu le Pulitzer.

— Tu vois, dit Gilles, qui semblait mesurer l'importance de l'événement.

J'ai eu envie de demander qui était cette Mme Cordula mais mon intuition m'a dicté de me taire.

Au même instant, Flavien est revenu dans la cuisine, sans sa sœur. Il s'est approché de son père, a mis sa main devant sa bouche pour lui chuchoter un secret à l'oreille, comme font les enfants. Mais, comme font les enfants, il a chuchoté un peu trop fort et tout le monde a entendu ce qu'il lui a confié.

« Elle est toute pourrite, la voiture de tonton Baptiste. »

19

Il y eut des éclats de voix et même des pleurs au moment de récupérer le faux Croquette que Margaux refusait de rendre. Elle s'était enfermée dans la salle de bains avec le chien et menaçait de ne plus en sortir, ce qu'elle s'est empressée de faire quand sa mère a évoqué la confiscation de son téléphone, resté dans la cuisine.

J'avais provoqué une crise dans cette famille unie que j'avais surprise dans un moment de grande sérénité, pour rien.

J'ai repris la route avec l'autre carlin en prévoyant de rentrer chez moi mais la perspective de recevoir la visite de Mme Halberstadt et de devoir lui raconter ce qui s'était passé m'y a fait renoncer. J'ai préféré me rendre à Monoprix, où j'ai acheté un sandwich poulet-crudités que j'ai avalé dans ma voiture, sous l'œil concupiscent du chien. À cette occasion, j'ai pu constater qu'il avait un autre point commun avec Croquette, en plus de lui ressembler : une haleine épouvantable.

En mangeant, j'ai consulté le classement d'*Entrée dans l'hiver* (qui frôlait la 250 000e place), les sites de *Brain*, des *Inrocks*, puis Facebook, où je suis tombé sur une publication qui m'a fait stopper le défilé de mon fil d'actualité.

J'ai relevé la tête, réfléchi une seconde et j'ai su.

J'ai su où se trouvait Croquette.

Où il se trouvait, avec qui et pourquoi.

De retour chez moi, je me suis brossé les dents puis j'ai nourri le chien, que j'ai regardé bâfrer, fasciné. J'ai jeté quelques vêtements dans un sac de voyage, attrapé la couverture de Croquette et, après avoir tout fermé, tout éteint, nous avons quitté l'appartement.

Sur le palier, j'ai sonné à la porte de Mme Halberstadt, qui a mis un certain temps à m'ouvrir.

— Ah, c'est vous, Baptiste.

— Je ne vous dérange pas ?

En posant la question, j'ai pensé qu'elle devait avoir de la visite. Elle avait forcé sur le maquillage et son appartement était plus éclairé que d'habitude.

Elle m'a répondu un « non » poli qui voulait dire le contraire, et j'ai enchaîné :

— Je voulais vous dire. J'ai compris où est Croquette et je vais le chercher.

Elle a regardé le chien à mes pieds.

— Ç'ui-là, c'est le faux ?

— Oui.

— Vous pensez qu'il est encore vivant ?

— Qui ?

— Bah, Croquette.

— Oui, bien sûr ! Enfin, je pense.

— Non, parce que je préfère vous prévenir tout de suite. Si on retrouve son corps au fond d'un lac ou un truc de ce genre, qu'on ne vienne pas me demander de l'identifier. Je n'irai pas. J'ai déjà donné avec Papa, merci beaucoup. Un accident sur un chantier. Sa tête, on aurait dit une gaufre.

— Je n'ai aucune raison de croire que Croquette est au fond d'un lac.

— Et pareil, si on me demande de payer une rançon. Je ne paierai rien, je veux que ce soit clair.

Elle s'est approchée et a chuchoté :

— Je ne vous l'ai jamais dit mais, Croquette, je ne l'ai pas payé. C'était un cadeau, d'une ancienne collègue. Donc, pas question que je paie quoi que ce soit pour un chien que j'ai eu gratuitement.

— Je ne pense pas que ce soit un enlèvement crapuleux, Mme Halberstadt. Au contraire, je pense que c'est par amour que Croquette a été, disons, emprunté.

— Par amour...

Elle s'est détendue, d'un coup, comme si ce mot était un interrupteur.

— Vous savez qui est là ?

Elle voulait dire chez elle.

— Votre sœur ?

Elle a fait non de la tête.

— M. Chabaud.

— M. Chabaud ?

— De l'hôpital. Le monsieur qui partageait la chambre avec moi. Il est sorti ce matin et il est venu prendre le café.

— Le monsieur qui parlait tout le temps ?

Elle a balayé cette remarque de la main.

— J'avais les sens troublés à cause des anti-inflammatoires quand je vous ai dit ça. C'est quelqu'un de très bien, cet homme-là. Il rédigeait les questions pour les jeux d'Europe n° 1. Il connaît un tas de choses. D'ailleurs...

Elle a cherché ses mots.

— Est-ce que vous savez d'où vient l'expression « Qui dort dîne » ?

— Oui.

Elle a fait comme si j'avais répondu non.

— Dans les auberges, autrefois, celui qui voulait louer une chambre pour la nuit devait dîner sur place. Qui dort *doit* dîner, vous voyez ?

— Je le savais, Mme Halb...

— Ils avaient déjà le sens des affaires !

— Effectivement.

Elle a eu un petit sourire et a fait un pas en arrière.

J'ai glissé : « Je vous tiens au courant, pour Croquette » et, sans me répondre, elle a fermé la porte.

J'ai pensé que son chien ne comptait plus vraiment pour elle.

Et qu'elle devenait un peu sourde.

Et qu'elle perdait un peu la boule.

20

Dans la voiture, j'ai ouvert Maps et entré le nom de ville indiqué par Facebook. L'appli a gambergé quelques secondes avant d'annoncer 946 kilomètres. 10 heures de trajet. Quand même. Dans une Opel Corsa de 2004 affichant 157 000 kilomètres au compteur...

J'ai installé le faux Croquette à l'arrière, sur la couverture du vrai et, sans faire attention à l'heure, sans avoir rien prévu pour le dîner ni pour la nuit, on a pris la route.

On avait à peine quitté la région parisienne que la faim me tenaillait. Je me suis ravitaillé sur l'autoroute et j'ai mangé sur un parking en écoutant Pierre Bergé délirer au micro de Laure Adler : « Giono a 21 sur 20, Proust a 21 sur 20, Yves Saint Laurent a 21 sur 20... » J'ai fait le plein et on est repartis. Vers une heure et demie du matin, mes yeux se fermaient tous seuls. J'ai pris la première sortie, me suis arrêté le long d'une départementale et me suis endormi.

Le froid m'a réveillé un peu avant 5 heures. On était en pleine campagne, entre Limoges et Brive-la-Gaillarde. Une vache blanche derrière son enclos observait la voiture. Le chien avait dormi sur mes pieds. Il s'est soulagé dans l'herbe givrée puis je l'ai nourri d'une tranche de jambon sous vide. On a rejoint l'autoroute, je me suis arrêté dans une station-service pour me débarbouiller. J'avais des courbatures partout mais me sentais reposé. J'ai examiné la carte de France affichée près de l'entrée en buvant un expresso dans un gobelet en plastique. Il nous restait environ 300 kilomètres.

La chape de nuages violette s'est dissipée un peu avant Toulouse. D'un coup, il s'est mis à faire très beau. Plus nous approchions de notre destination, mieux nous nous sentions. Je dis nous parce qu'il paraissait évident que le chien jouissait lui aussi de la lumière, de la limpidité de l'air, de tout ce vert.

Le restaurant où nous nous sommes arrêtés pour déjeuner était déjà en altitude. Il faisait si doux que le patron a proposé de nous servir en terrasse. Il a voulu caresser le chien, je lui ai dit que je n'étais pas sûr qu'il aime ça, il ne l'a pas mal pris. J'ai commandé une omelette, de l'eau gazeuse, et lui ai demandé :

— C'est encore loin, le lac de Gaube ?

— Faut monter vers Cauterets, là-haut...

Il avait un accent incroyablement fort, les mots semblaient danser en sortant de sa bouche.

— Quarante minutes, je dirais.

Après le repas, j'ai pris le chien sur mes cuisses et on a profité du soleil. Je crois que j'ai dormi un peu. Le restaurateur est réapparu, je lui ai demandé si le lac était gelé. « Y a rien qu'a gelé, c'te année. » On est repartis.

Plus on s'élevait plus j'avais l'impression d'arriver au paradis. Le vert, le bleu, l'eau, la roche. Comme si la beauté du monde avait décidé de se retirer ici. Je me suis rappelé le gris, la poisse de ma banlieue dégueulasse. Il fallait avoir perdu la raison pour y vivre autrement que sous la contrainte.

J'ai longé le lac puis j'ai cherché un hôtel à Cauterets, la ville la plus proche, réputée pour ses cures thermales. C'était un deux-étoiles dans le centre, que même TripAdvisor jugeait moyen. Ce serait toujours mieux qu'un siège d'Opel Corsa. À peine installé, j'ai appelé mon père et lui ai laissé un message. Sa publication sur Facebook m'avait donné envie de prendre le large, j'étais dans le coin et serais ravi de prendre un café avec lui s'il en avait le temps.

Il m'a rappelé un peu plus tard, alors que je faisais la queue dans un Leader Price. Ma présence à Cauterets le rendait fou de joie, il voulait qu'on se voie sur-le-champ. Nous avons décidé de déjeuner le lendemain au restaurant du spa où il séjournait. « Tu dois goûter leur homard ! Je les appelle tout de suite pour réserver. » Il avait une bonne voix, enjouée, reposée, qui m'a donné envie de le voir. Je me suis dit qu'il avait une prédisposition au bonheur dont je n'avais pas hérité. Je tenais de la nature plus ombrageuse de ma mère.

Cette ville me faisait penser à la Suisse, avec ses grosses bâtisses rassurantes, ces intérieurs qu'on devinait cosy, surchauffés, et tout ce bois sculpté. De gros flocons de neige informes se déplaçaient dans l'air comme s'ils étaient sous l'eau. Les gens préparaient Noël, ils passaient dans les rues, leur sapin sous le bras. Des boulangeries s'échappaient des odeurs de cannelle, de pommes cuites, d'armagnac. J'ai pensé que j'en avais marre d'être seul, que j'aurais dû demander à Agnès le numéro de Lois au lieu de lui donner le mien, que j'avais de la chance d'être accompagné par ce chien dont je ne connaissais même pas le nom, que tous les jours des chiens devaient empêcher des humains de se suicider...

Et c'est là que je les ai vus, derrière une vitre, attablés dans la salle de restaurant d'un hôtel cossu.

21

Palmiers d'intérieur, fauteuils crapauds, moquette lie-de-vin. Ma mère se tenait penchée en avant, tendue vers l'homme assis en face d'elle, électrisée par lui. Un homme un peu plus âgé qu'elle, comme je savais qu'elle les aimait. Cheveux plaqués en arrière frisottant sur la nuque, chemise à carreaux sous un shetland beige, mains soignées, bronzées. Il devait apprécier Les Sables-d'Olonne, le *Boléro* de Ravel et Macron. Il n'était probablement pas assez à gauche ni assez littéraire pour elle mais elle avait appris à ne pas attacher d'importance à ce qui n'en avait pas.

À leurs pieds, Croquette, dans l'attitude typique du carlin : gueule ouverte, respiration hachée, fermant lentement les yeux avant de les rouvrir d'un coup. Un bol d'eau était posé à côté de lui.

Je n'avais pas de nouvelles de ma mère depuis quelques jours, personne ne m'avait briefé, et pourtant il me semblait savoir ce qui s'était passé, pouvoir raconter sans me tromper ce qui l'avait amenée jusque-là.

La veille, sur le parking du Monoprix, j'avais découvert sur Facebook une photo publiée par mon père (qui, au passage, avait recueilli 219 *j'aime*, quand ma publication la plus populaire, celle annonçant la sortie d'*Entrée dans l'hiver*, en avait reçu 38). On le voyait dans un peignoir en éponge, allongé sur un transat, en compagnie de René. Tous deux, hilares, avaient le visage tartiné d'un masque de beauté vert pâle. La légende était : « Il faut savoir souffrir pour être belles ! » (Mon père s'amusait de plus en plus à se féminiser.) Il passait quelques jours dans un spa avec son futur mari.

Il avait déjà consacré deux autres publications à ce séjour. Dans la première, il levait le pouce devant l'établissement, une imposante bâtisse blanche se découpant sur le fond bleu roi du ciel. Elle était légendée : « C'est parti pour 10 jours 100 % papouilles ! » et avait recueilli 254 *j'aime*.

Dans la seconde, postée le lendemain, on voyait René prenant son petit déjeuner au lit. Il affichait son éternel sourire crispé et levait le pouce lui aussi. Le commentaire de mon père (« Une reine en son royaume☺ ») m'avait fait sourire mais ne semblait pas faire l'unanimité puisque la publication n'avait recueilli que 132 *j'aime* (l'absence de mon père sur le cliché pouvait expliquer cette relative désaffection).

Je me doutais que ma mère, qui passait ses journées à espionner son ex-mari sur Facebook, avait eu connaissance de ces publications pratiquement en temps réel. Je me figurais assez bien l'effet qu'elles avaient eu sur elle et ce qui avait suivi...

En découvrant la première publication, elle sait exactement où se trouve mon père (géolocalisé « Lac de Gaube, Hautes-Pyrénées ») et pour combien de temps (« C'est parti pour 10 jours 100 % papouilles ! »). Le soir même, je dîne avec elle au restaurant indien et lui explique que ma vie a changé depuis que j'ai récupéré Croquette. Je n'oublie pas qu'un peu plus tôt, ce soir-là, elle m'a lancé, en découvrant le chien : « Greta a le même, en moins obèse »...

Greta est sa meilleure amie. Ma mère lui rend visite le lendemain, pour lui demander de lui confier son carlin quelque temps. Elle lui explique pourquoi, inutile de lui cacher la vérité. Les deux femmes se connaissent depuis plus de quarante ans et ont une parfaite confiance l'une en l'autre. Greta accepte sans sourciller, d'autant qu'elle est sous Effexor – et au gewurztraminer à dix heures du matin. Cette aventure doit beaucoup l'amuser (elle est du genre à déguiser son chien en Groucho Marx).

Le jour suivant, ma mère frappe à ma porte. « Je suis venue pour promener ton chien. On s'est dit que ça me ferait du bien, tu te souviens ? » Je ne m'en souviens pas mais ce n'est pas grave. Elle sort de mon appartement avec le carlin, procède à la substitution et me ramène celui de Greta auquel elle a passé le harnais de Croquette. Sur le plan logistique, elle s'est fait aider par Testa, l'homme de main à qui elle fait appel pour tailler ses arbustes ou redresser une étagère. Elle est venue avec lui et lui a demandé d'attendre dans un café, près de chez moi. Son rôle est de veiller sur le chien de Greta puis sur Croquette pendant les visites que ma mère me rend. C'est tout. Il ne l'accompagne pas dans les Pyrénées. Elle prend le train, seule. Elle adore le train. Je la vois d'ici, en première classe du Paris-Lourdes, perdue dans ses pensées, le chien à côté d'elle, la tête dépassant d'un sac molletonné.

Elle veut récupérer mon père. Rien d'autre ne compte vraiment depuis quatre ans. On a cru à un léger mieux avec le temps, elle-même a voulu se convaincre qu'elle avait tourné la page, mais c'était superficiel, illusoire. La suite, sa réaction à l'annonce du mariage, l'a démontré. Elle n'est pas certaine que Croquette porte bonheur mais, si c'est le cas, il n'est pas question de se priver de cette chance. Elle est prête à tout pour reprendre mon père. Elle a eu recours au botox et au collagène, elle a vu une psy, un médium, elle est allée prier partout où on peut prier. Alors, prendre le train avec un carlin…

À Cauterets, elle descend dans un hôtel chic. Elle ne fait pas attention au prix de la chambre, elle n'a jamais eu la moindre notion de l'argent. Le vieux beau, elle le rencontre très vite, dans l'ascenseur ou dans le hall, complètement par hasard. Il est séduit (ma mère plaît), elle est surprise, flattée, charmée. Elle lui dit qu'elle a prévu des soins, une manucure et une pédicure. Il pense à ses mains, à ses pieds, à son corps, ces images lui font envie, il lui propose de la retrouver plus tard. La sauce prend. L'idée de l'amour s'impose. Ils s'aimeront, peut-être même rapidement, comme des gosses de seize ans. En peu de temps, mon père s'efface, lui qui prenait toute la place. Et Nicole, tout à son nouveau beau, ne le réalise même pas.

22

L'homme a pris la main de ma mère, l'a gardée dans la sienne, et ils sont restés comme ça un moment, les yeux dans les yeux. La dernière fois que je l'avais vue aussi heureuse remontait à plus de vingt ans en arrière. Je me voyais mal casser l'ambiance en débarquant à leur table pour reprendre Croquette, d'autant qu'elle aurait probablement résisté, hésité à me le rendre. L'homme s'en serait mêlé, leur soirée aurait été gâchée, ma mère aurait mis du temps à me pardonner. Et pourtant il me fallait le chien.

Là, depuis le trottoir où je commençais à me geler, exactement comme si l'enchantement croquettien agissait à nouveau, j'ai vu l'homme se lever. Avec beaucoup de classe et sans cesser de sourire à ma mère, il a replacé sa chaise contre la table avant de s'éloigner, droit comme un cavalier. Pause pipi, probablement.

Il m'offrait une chance que je n'allais pas laisser passer. J'ai attrapé mon téléphone et appelé ma mère.

Je l'ai vue se laisser surprendre par la sonnerie de son portable, contenir son affolement en découvrant mon nom et se résoudre finalement à me parler – s'il devait y avoir une explication, mieux valait qu'elle se passe en l'absence du vieux beau.

Elle a pris l'appel avec autant de cœur qu'on signe un chèque à l'attention du Trésor public.

— Baptiste ?

— Comment ça va ?

— Bien, je... Pourquoi tu m'appelles ?

— J'ai pas trop la pêche, ai-je inventé.

Je l'ai vue se détendre d'un coup.

— Ah, bon ? Je suis au restaurant, tu sais. Je ne peux pas te parler longtemps.

— Allô, allô ?

— Baptiste ?

— Je t'entends très mal.

Je l'entendais parfaitement.

— Moi, je t'entends très bien, a-t-elle répondu en regardant autour d'elle. Attends, je me déplace...

Elle s'est levée et a fait quelques pas vers la sortie du restaurant, sur ma gauche.

— Et là ?

— C'est pire ! Allô ?

Elle a fait demi-tour illico en direction du fond de la salle, qui devait communiquer avec l'hôtel, attenant.

— C'est mieux ?

— Ah, oui. Je ne sais pas où tu vas mais continue.

Elle a continué.

À peine avait-elle quitté la salle que j'entrais dans le restaurant. Au pas de charge, un téléphone à l'oreille et un carlin sous le bras. Pas exactement de quoi passer inaperçu. Par chance, je n'ai pas vu de serveur dans les parages.

— Alors, qu'est-ce qui t'arrive ? a demandé ma mère.

— Rien, je... je suis désespéré.

— Il te reste du Xanax ?

— Ce n'est pas la question...

J'arrivais à la table où elle avait dîné. J'avais un mal fou à me concentrer sur notre conversation, d'autant qu'en me reconnaissant Croquette s'est mis à frétiller, ce dont j'ai tiré une certaine fierté (c'était la première fois).

— Noël approche et je suis tout seul, je ne te fais pas de dessin...

— Je croyais que tu avais rencontré quelqu'un.

— Elle est partie. En Nouvelle-Calédonie.

Je m'étais accroupi et j'avais calé le téléphone dans le creux de mon épaule, de manière à pouvoir dénouer la laisse de Croquette entortillée autour du pied de la table.

— Tu n'as pas l'air désespéré.

— Ce n'est pas exactement ce que j'ai besoin d'entendre.

— Au contraire, ça devrait te rassurer.

Bien sûr, j'avais prévu d'interchanger les chiens. Et pour que ma mère ne se doute de rien, il fallait aussi intervertir collier et harnais. Sauf qu'en relevant brièvement la tête, j'ai aperçu son chevalier servant, de retour dans la grande salle. J'ai juste eu le temps d'attraper Croquette et de repartir avec les deux chiens, tout en continuant à distraire ma mère.

« Et toi, ça va ? Tu es au restaurant, c'est ça ? »

Courbé en deux pour ne pas être vu de l'homme au shetland beige, pendu au téléphone, un carlin sous le bras et un autre en laisse, je longeai une tablée qui avait basculé dans un silence de veillée funèbre.

— Baptiste, tu es bizarre. Cette conversation est bizarre. Qu'est-ce qui se passe ?

— Donne-moi une seconde, s'il te plaît. Ne raccroche pas.

Un serveur s'était dressé entre la sortie et moi.

— Je peux peut-être vous aider ?

Il me dévisageait sans expression particulière – il exsudait seulement une immense fatigue. Il fallait que je sorte, impérativement, sans attendre. J'ai rassemblé toute la haine que j'ai pu trouver au fond de moi pour la faire passer dans mon regard.

« Tu me laisses passer où je t'éclate la gueule, ai-je articulé, d'une voix parfaitement désincarnée. Je te jure, j'hésiterai pas à te bouffer l'oreille. »

Je ne sais pas d'où ça m'est venu. Des réminiscences de Mike Tyson, de *Scarface*, du *Silence des agneaux*. En tous cas, je le recommande dans des circonstances similaires. Considérant qu'il avait affaire à un malade et redoutant par-dessus tout le scandale, le serveur s'est aussitôt fendu d'un pas de côté, presque dansant, pour laisser passer la S.P.A. qu'il avait en face de lui.

Deux secondes plus tard, je m'élançai comme je pouvais sur le trottoir.

— Maman, tu es là ?

— Baptiste, à qui tu parlais ? À qui tu viens de dire cette chose horrible ? Tu as pris des drogues ? Tu veux que j'appelle le docteur Bitoun ? Il peut passer te voir si je lui demande.

Je me suis arrêté, j'ai posé le faux Croquette sur le trottoir et me suis retourné. On ne m'avait pas suivi.

— Maman, écoute-moi. Je n'ai pas pris de drogues. Je suis venu récupérer Croquette. Au restaurant de l'hôtel, à Cauterets. Je l'ai fait sans trop attirer l'attention, sans déclencher de scandale. Alors, tu vas faire comme si de rien n'était, regagner ta table où t'attend le monsieur charmant, et quand il te demandera où est passé ton chien, tu lui diras que tu le trouvais fatigué et que, pour cette raison, tu l'as ramené dans ta chambre. Ne t'inquiète pas pour moi, je vais très bien. Ne te pose pas de questions, ne te demande pas ce que je fais ici, comment j'ai fait pour te trouver. Occupe-toi de toi, de vous. Ne pense à rien d'autre.

Et j'ai raccroché. Je ne voulais pas qu'elle se sente obligée de trouver quelque chose à me répondre.

De là où je me tenais, je l'ai vue réapparaître dans la salle, qu'elle a traversée, un peu hésitante. Le vieux beau s'est levé de sa chaise à son arrivée. Tout en lui parlant, elle a vérifié que le chien n'était plus là puis elle m'a cherché des yeux de l'autre côté de la vitre. En m'apercevant, elle n'a pu s'empêcher de sourire et de m'adresser un petit signe de la main, auquel je me suis empressé de répondre.

J'ai voulu rempocher mon portable, qui s'est mis à vibrer. Je grelottais, je n'avais qu'une envie, rentrer à l'hôtel avec les deux chiens, mais j'étais curieux. L'écran affichait un numéro que je connaissais pas – long, compliqué, qui commençait par un indicatif inhabituel.

— Allô ?

— Baptiste, c'est Lois.

Mon rêve de femme, mon absolu.

— Je voulais m'excuser d'être partie sans te prévenir alors qu'on avait rendez-vous, tout est allé si vite.

Je n'ai rien pu répondre.

— Agnès m'a dit qu'elle t'avait vu, a-t-elle continué. C'est elle qui m'a donné ton numéro.

— Comment va ton frère ? ai-je balbutié.

— Mieux. Beaucoup mieux. Au point que je me dis que je vais pouvoir rentrer.

— Rentrer ?

— Oui, en France, à Paris. Enfin, à Colombes.

J'ai contenu une furieuse envie de danser.

— Ma famille est ici mais je me dis que je serai quand même plus heureuse en France.

— Tu rentrerais quand ?

— En début d'année, je dirais. Après les fêtes.

Danser et chanter en m'agrippant aux lampadaires, en sautant à pieds joints dans les flaques...

— Courgette va bien ?

— Écoute, oui. Il est là, avec moi. Il tremble un peu, à cause du froid. Je crois qu'il n'aime pas trop la neige.

— Il neige à Colombes ?

— Non, je suis à la montagne. Dans les Pyrénées.

— Ah... Je ne connais pas du tout.

Je pourrais t'y emmener, on irait voir les ours, les glaciers, les edelweiss, on porterait des bonnets avec des pompons géants, on prendrait des chocolats chauds l'après-midi, j'écarterais les mèches tombant sur ton visage et je poserais un baiser sur tes lèvres sous la neige. Sur tes dents aussi. J'embrasserais tes dents.

— Je ne connaissais pas non plus, c'est très beau. C'est le genre d'endroit qui te fait te demander comment il est possible de vivre ailleurs.

Je l'ai entendue sourire.

— Baptiste, je dois te laisser.

— Pas de souci.

— Je t'appelle quand je rentre. Enfin, si tu es d'accord.

— Avec plaisir. Enfin, non, c'est pas ce que je voulais dire. En fait, rien ne me rendrait plus heureux.

C'était la première fois que je lui faisais entendre ma voix, ma vraie voix, et pas celle qu'il me semblait que je devais prendre. Il y a eu un silence et je crois que c'est à ce moment précis qu'on a décidé l'un et l'autre qu'on s'aimerait. Puis elle a dit : « Embrasse Courgette » et, sur cette formule ridicule, notre conversation a pris fin.

En arrivant à l'hôtel, j'ai eu envie d'enlacer le réceptionniste, de lui dire qu'il avait une bonne tête, que son gilet gris perle lui allait bien, que c'était une couleur avec laquelle il était difficile de se tromper.

Dans la chambre, j'ai compté le nombre de jours qui me séparaient de la rentrée. Dix-neuf. Dix-neuf jours jusqu'au premier lundi de janvier. Autrement dit, rien du tout. Le temps qu'il fallait pour se remettre au sport, reprendre en main mon alimentation, faire un tour chez Ikea...

J'ai eu envie de musique. Deezer m'a suggéré une chanson de Johnny Hallyday, probablement parce que j'avais aimé plusieurs morceaux de Johnny Cash. Ça m'a surpris, je n'avais jamais été fan de Johnny, mais pourquoi pas ? J'ai tiré les rideaux, ouvert un sachet de gressins, me suis installé sur le lit avec les deux chiens et, ensemble, nous avons regardé la neige tomber sur la ville en écoutant *Pour moi la vie va commencer.*

Je confirme, c'est une très bonne chanson.

23

— Comme tu es beau, dit mon père, en posant sa main sur ma joue.

René l'a écarté pour pouvoir se jeter dans mes bras et m'a serré comme si une guerre nous avait séparés. Quand il a reculé, ses yeux étaient mouillés.

— Ton père a raison, tu es superbe !

— Je viens de me réveiller, j'ai dormi dix heures, ça doit être ça.

D'un coup, il a joint les mains en prière : il avait vu les carlins.

— Mon Dieu, ces chiens, c'est merveilleux ! Ils sont à toi ?

Avant que j'aie le temps de répondre, mon père m'a tendu une flûte de champagne.

— On n'a que quelques minutes avant le restaurant. Pas question d'être en retard, ils nous préparent un homard. Enfin, ils nous préparent Serge. Leurs homards ont des noms. Celui qu'on va manger s'appelle Serge.

— C'est marrant.

René est revenu à la charge :

— Ce sont tes chiens ?

— Non. Le plus gros, c'est le chien de ma voisine. Elle m'a demandé de le garder pendant qu'elle était à l'hôpital. Et l'autre... l'autre n'est pas à moi.

J'ai trempé mes lèvres dans le champagne.

— Tu te souviens du chien du Var ? a lancé mon père.

— Oui, j'y ai pensé y a pas longtemps.

— C'est quoi, cette histoire ? a demandé René.

— Je te l'ai déjà racontée. Le chien qu'on a tué accidentellement, quand Baptiste et sa sœur étaient petits, en le gavant de tranquillisants.

— Oh, c'est vrai, quelle horreur.

J'ai regardé mon père.

— Et Maman qui ne sait toujours rien après tout ce temps.

— Hein ? Bien sûr qu'elle sait !

— Mais... elle l'a appris quand ?

— Quand c'est arrivé, j'imagine... Oui, c'est ça, je lui ai dit le soir même.

— J'étais sûr qu'elle ne savait pas.

— Elle m'a même aidé à déculpabiliser. Elle m'expliquait qu'on avait rendu service à ce pauvre chien qui souffrait le martyre. Elle disait que la mort était une délivrance, une espèce d'extase.

René m'a pris le bras.

— Et ton livre, ça va ? Ça se vend ?

— Euh...

— J'ai voulu l'acheter à Payot, gare Montparnasse. Ils ne l'avaient pas, dis donc. Je l'ai cherché aussi à Lourdes mais il n'y a que des librairies catholiques.

— Il ne se vend pas très bien.

Il a serré son étreinte.

— Ça ne te rend pas trop triste, j'espère.

— Bah...

— Ce n'est pas parce que ça ne se vend pas que ça ne se vendra jamais, dis-toi bien ça. La vie s'amuse avec nous, tu le sais bien. Tu en as écrit combien ?

— C'est mon troisième.

— Trois, c'est rien du tout. Un jour, sans raison particulière, les gens s'intéresseront à ton travail. Tu te demanderas pourquoi le succès n'est pas arrivé plus tôt et il n'y aura pas d'explication, tu verras.

— Tu es adorable.

Je le pensais vraiment. C'était notre troisième rencontre et, à chaque fois, j'étais cueilli par sa bonté. Les mots qu'il avait employés étaient exactement ceux que j'avais besoin d'entendre quand je doutais de moi, c'est-à-dire en permanence, ces derniers temps.

— Moi, par exemple, a-t-il continué. Si tu savais les hommes que j'ai connus. Des alcooliques, des types qui me battaient, la lie de l'humanité ! Et puis, un jour, je rencontre ton père, tu te rends compte ? Le meilleur des hommes ! Moi qui ne croyais plus en rien, qui me jugeais indigne de tout...

Il a baissé la tête sur le côté et s'est figé, comme s'il me montrait sa version du dab.

— Ah, non, pas de larmes ! a lancé mon père, assis à l'écart, dans un canapé de cuir blanc. C'est du passé, tout ça. Aujourd'hui est jour de fête !

J'ai pris place dans un fauteuil en face de lui, frappé par sa ressemblance de plus en plus marquée avec l'acteur Curd Jürgens. Il invitait Croquette à le rejoindre en tapotant sur le coussin. « Allez ! Allez, saute ! » Mais, les pattes du chien, trop courtes, ne lui permettaient pas de monter. Mon père a laissé tomber et a planté son regard bleu acier dans le mien.

— Tu es venu avec ta mère ?

— Non, pourquoi ?

— J'ai vu une femme qui lui ressemblait, a enchaîné René. Ce matin à Cauterets. Au Paris. C'est un café en centre-ville. J'aurais juré que c'était Nicole. Tiens, regarde, je l'ai prise en photo...

Il a fouillé dans son téléphone et m'a montré la photo un peu floue d'une femme de profil qui, de toute évidence, était ma mère. La coupe de cheveux, le port de tête, la doudoune chic, aucun doute n'était possible.

— Tu ne trouves pas qu'elle lui ressemble ?

— Pas vraiment, ai-je menti.

— En même temps, la femme que j'ai vue était accompagnée. D'un homme. Très classe, d'ailleurs.

— Ta mère a quelqu'un en ce moment ? m'a demandé mon père.

— Je ne crois pas.

— Tu vois, a-t-il dit à son futur mari, tu te fais des films.

René a rangé son téléphone.

— Alors il faudra lui dire qu'elle a un sosie à Cauterets.

Mon père a conclu : « De toute façon, elle n'a jamais aimé le grand air » et il a embrayé sur le temps exceptionnel qu'ils avaient cette année. Pas une journée sans soleil depuis leur arrivée...

Tout en l'écoutant, j'ai laissé mon regard traîner du côté de la fenêtre ouvrant sur une vue à couper le souffle, le spectacle de hauteurs couvertes de neige, de pics blancs en enfilade se perdant dans une brume bleutée, comme dissous dans le ciel. Qu'est-ce qui, à nos yeux, rendait une telle vision si séduisante ? Sa pureté ? Son gigantisme ? Sa permanence, que nous percevions comme un défi à notre propre mortalité ? Ou alors c'étaient ces couleurs, ces verts et ces bleus, ces reflets d'argent, ces scintillements dorés, que nous associions aux saisons chaudes et bienfaisantes, à l'abondance, la prodigalité...

— Baptiste ?

Mon père s'était levé.

— Il faut qu'on y aille si on ne veut pas être en retard.

Les deux chiens attendaient à ses pieds.

— Tu étais ailleurs, s'est amusé René, en fermant la fenêtre. À quoi pensais-tu ?

J'ai fait un petit effort de mémoire.

— Je crois que je vais demander à ma voisine de me donner son chien.

24

J'étais bien mieux préparé au retour qu'à l'aller. Mon père m'avait réservé une chambre pour la nuit, une chambre d'hôte dans la région de Tours, tenue par l'un de ses amis. René m'avait donné une autre couverture pour les chiens, une bouteille d'eau, des pommes et même un rouleau de PQ. Je suis parti à une heure sensée, cette fois, juste après le déjeuner, avec un plein d'essence dans la Corsa.

Je suis parti, mais sans me presser. J'avais un mal fou à laisser la montagne. Un peu après avoir quitté Cauterets, je me suis garé au bord de la route. La vue en plongée sur une vallée où les sapins filaient comme un torrent de verdure était irrésistible.

Je suis sorti de la voiture et j'ai aidé les chiens à descendre. Ils se sont élancés dans l'herbe comme s'il n'était pas question, pour eux non plus, de se priver d'un dernier bol d'air, de nature, de beauté. Je me suis adossé à la voiture, j'ai croisé les bras, fermé les yeux et me suis imprégné du silence. C'est un exercice auquel j'aime me livrer lorsque je suis au calme. Identifier jusqu'au moindre bruit. Un bourdonnement lointain, inoffensif, pareil à celui d'un petit avion à moteur. Le souffle du vent, derrière moi. C'est ça, le souffle du vent comme celui de l'air sortant de poumons extraordinaires. Un aboiement de chien dans la plaine...

J'ai rouvert les yeux. Les carlins s'étaient éloignés l'un de l'autre. Croquette, dos à la vallée, revenait lentement dans ma direction en pistant une odeur. L'autre, assis dans l'herbe, la tête penchée sur le côté, mâchait consciencieusement des brindilles. À moins que ce ne soit l'inverse, je ne sais plus, l'herbe m'empêchait de les distinguer clairement.

Je me suis vu aller rapporter son chien à Greta. Elle habitait à Paris, derrière le théâtre de l'Atelier. Elle m'aimait bien, Greta, elle serait contente de me voir. Demander à Mme Halberstadt qu'elle me confie Croquette présentait plus de difficultés. Pourtant, j'avais le sentiment qu'elle accepterait, qu'elle ne tenait pas à lui plus que ça et, même, qu'en me le confiant, elle avait secrètement espéré que je lui demande de me le laisser. Peut-être que je prenais mes rêves pour la réalité...

Une ombre est apparue sur le sol, une ombre immense avançant vers la plaine. J'ai levé la tête alors qu'un aigle passait au-dessus de moi. L'envergure de ses ailes déployées était proprement délirante. J'ai réalisé que j'avais entendu son cri sans y faire attention, quelques secondes plus tôt. Cet animal planant dans le silence, j'avais rarement assisté à un phénomène plus majestueux.

À une dizaine de mètres devant moi, il a plongé. Tout est allé très vite, la surprise faisait partie de sa technique de chasse. Il a fondu sur l'un des carlins, a semblé se poser sur lui, ses griffes se sont refermées et tous deux se sont élevés dans le ciel, sans drame. Le chien ne s'est pas manifesté, il devait être frappé de stupeur. Comme moi. J'avais mis la main devant la bouche mais ne pouvais rien dire, rien faire. Plus l'aigle s'éloignait, plus il s'élevait, plus je redoutais qu'il lâche le carlin. C'était stupide puisque pour ce pauvre chien, de toute évidence, la messe était dite.

Leur trajectoire a dessiné une grande boucle, le rapace retournait d'où il était venu. Il a survolé la route à une centaine de mètres de la voiture en contrebas, avant de disparaître plus loin, derrière une forêt, comme aspiré par elle. L'autre chien les a suivis du regard jusqu'au bout et s'est empressé de me rejoindre. Une fois dans la voiture, assis sur le siège passager, il fixait encore le point dans le ciel où il avait vu son copain pour la dernière fois.

J'ai mis le contact en tremblant et, pendant un long moment, j'ai été incapable du moindre geste. Je me tenais prêt à sortir pour vomir. Je m'en voulais de ne pas être intervenu, mais quoi ? Au mieux, j'aurais agité les bras en criant, en hurlant. Il en aurait fallu plus pour pousser l'aigle à renoncer. Il m'avait vu, il savait que j'étais là, que j'étais lié à ces deux chiens, qu'il m'avait pris par surprise moi aussi.

Je frissonnais encore, un peu plus tard, en m'arrêtant au restaurant où j'avais déjeuné à l'aller. Je m'attendais à revoir l'homme qui m'avait préparé une omelette, je lui aurais tout raconté, mais il n'était pas là. Une fille servait ce jour-là, une adolescente que je ne voulais pas effrayer. J'ai commandé une menthe à l'eau (je n'aurais rien supporté d'autre), j'ai mis le chien sur mes cuisses et posé une main sur lui pour être sûr qu'il y reste. J'ai cherché à m'apaiser en me disant que l'autre avait peut-être eu une crise cardiaque dans les airs (les carlins ont le cœur fragile) ou qu'il avait été lâché, par accident, au-dessus des sapins, qu'il s'en tirerait avec quelques égratignures, apprendrait à survivre dans la forêt...

Mon téléphone m'a signalé un message vocal. Au même moment, la serveuse déposait ma boisson sur la table.

— Qu'est-ce que c'est, comme race ?

Elle regardait le chien avec sérieux.

— Un carlin.

C'était la première fois que j'entendais ma voix depuis un moment et elle me parut changée, moins grave que j'imaginais.

— C'est ça, qu'elle a, la reine d'Angleterre ?

— Non, c'est une autre race. Les corgis.

Elle le dévisageait toujours.

— Il a peut-être soif.

— Je pense, oui. Il a eu pas mal d'émotions aujourd'hui.

— Je vais chercher de l'eau.

— C'est gentil.

Je l'ai regardée retourner à l'intérieur et j'ai repensé à mon téléphone.

On m'avait appelé, une demi-heure plus tôt, alors que je prenais la route. La couverture dans la région était mauvaise et le portable n'avait pas sonné. Le numéro était privé.

« *Vous avez un nouveau message... Mardi, à 14 h 19...* »

« *Bonjour, c'est Fanny Ardant. Je... je ne suis pas très douée pour laisser des messages... Alors, voilà, j'ai bien reçu votre liste de belles choses. Je ne sais pas trop ce que vous aviez en tête en me l'envoyant, j'ai l'impression que vous l'avez glissée dans l'enveloppe au dernier moment puisque, dans votre lettre, vous ne mentionnez que votre nouvelle... Vous avez bien fait. Toutes ces images, ces sensations qui font aimer la vie, je me suis entendue les lire. Elles pourraient faire l'objet d'un beau spectacle, d'une belle lecture. Un inventaire à la Perec... On pourrait se rencontrer pour en parler, qu'en pensez-vous ?* »

CATALOGUE DES MÉTÉORES

BERNARD AMY
L'Alpiniste

KENNETH BERNARD
Extraits des archives du district

OLIVIER BRUNEAU
Dirty Sexy Valley

STÉPHANE CARLIER
Le Chien de madame Halberstadt

PIERRE CENDORS
Archives du vent

BÉRENGÈRE COURNUT
Née contente à Oraibi

EDGAR HILSENRATH
Nuit
Orgasme à Moscou
Fuck America
Le Nazi et le Barbier

JULIA

Roulio fauche le poil

ANDRUS KIVIRÄHK

L'Homme qui savait la langue des serpents

Les Groseilles de novembre

HADRIEN KLENT

Et qu'advienne le chaos

VALÉRIE MANTEAU

Calme et tranquille

Le Sillon

JEAN-PIERRE MINAUDIER

Poésie du gérondif

MARIE REDONNET

La Femme au colt 45

EMMANUEL RÉGNIEZ

Notre château

D.A.F DE SADE

Les 120 journées de Sodome

JUAN JOSÉ SAER
L'Ancêtre
Glose

GOLIARDA SAPIENZA
L'Art de la joie
Moi, Jean Gabin
Rendez-vous à Positano
L'Université de Rebibbia
Les Certitudes du doute

FRANÇOIS SZABOWSKI
L'Amour est une maladie ordinaire

SIGOLÈNE VINSON
Le Caillou

HYAM ZAYTOUN
Vigile

ALI ZAMIR
Anguille sous roche

« Attraper les mots, les soupeser comme des tomates au marché. Parler avec son ventre autant qu'avec sa tête. Tout lâcher et tout contrôler à la fois. Dire. Dire la vérité. Raconter au plus près, au plus vrai, la folie de ce monde, sa cruauté et sa drôlerie. Faire comme si tout cela avait un sens. »

Ce livre a été imprimé en mars 2020
par les imprimeries Corlet, France,
pour la collection Météores.

Conception graphique de la collection : Oskar
ISBN : 978-2-37055-230-3 | d.l. : printemps 2020

M 27